塩谷清人著

『クラリッサ』を読む、時代を読む

音羽書房鶴見書店

サミュエル・リチャードソン (1689–1761)
（ジョゼフ・ハイモア画、1750年）

『クラリッサ』を読む、時代を読む

はじめに

一般に小説は作者や書かれた時代背景など知らなくても楽しめる。ロラン・バルトの「作者の死」（一九六七）以来、現代批評では作品は自立し、作者の意向に関係なく読者が主体的に作品解釈をするのが主流だから、なおさらその傾向が強いだろう。一方で、作者の来歴、時代背景などを知ることが作品理解に役立つことも確かである。サミュエル・リチャードソンは印刷業のかたわら五〇歳過ぎから小説を書き始めた。彼にとって小説を書くことはどのような意味があったのだろうか。答えはこの時代の文芸や勃興期の「小説」に対する彼の意識から見えてくるだろう。さらに彼の生きた時代は一七世紀末名誉革命（一六八九）のときから、一八世紀前半のイングランド（本書では以下便宜上イギリスと書く）である。書簡体小説『クラリッサ』は時代を濃厚に映した小説だから、その社会を理解すれば一層理解が進むだろう。

『クラリッサ』はその長大さもあって英文学を研究する者にとっても取っ付きにくい位だから読者もそう多くない。しかも一八世紀中頃の作ということで古さに抵抗を感じるひともいる。実際一九世紀から二〇世紀中頃まで長いあいだ、『クラリッサ』は看過されてきた。有名な評論家F・R・リーヴィスはわざわざ時間をかけて読む価値などないと書いた。その低い評価が一転したのは一九七〇年代のフェミニズム批評による『クラリッサ』再評価からである。その潮流に乗って書かれたテリー・イーグルトンの『クラリッサの凌辱』（一九八二）により、英米のみならず日本（邦訳は一九八七年）でも話題になり、一時クラリッサの名はしばしば聞かれた。しかしこの本の影響で『クラリッサ』が多くの読者を得たという話は聞いていない。その後約四〇年で情況はあまり変わらない。

『クラリッサ』に登場する人たちはおもにジェントリー（イギリス独特の土地所有階級）で、貴族のアッパークラス（上流階級）と区別すれば、いわゆるアッパーミドルクラスである。『クラリッサ』以降一九世紀はじめのジェイン・オースティンの小説まで、このジェントリー、つまりアッパーミドルクラスの生活が小説の舞台になっていることは注目に値する。『クラリッサ』はその先駆けの小説で、一家庭内の出来事が中心であり、中産階級の一種のホームドラマである。当然ながら手紙の書き手の文体も平明で世俗的である。さらにいえば、イギリス小説はミドルクラス（中産階級）の話が多いが、その最初の小説と言っても過言ではない。『クラリッサ』には財産や土地、相続のことなどお金に関係することが頻繁に言及されるが、これも『クラリッサ』の影響下で書かれた後続の独仏などの書簡体小説と大きく異なる。ルソーの『新エロイーズ』にはお金の話は出てこない。オースティンやディケンズの小説でも金銭、財産、遺産にまつわる話が多いが、これもイギリス小説の特徴である。

一方で、『クラリッサ』はたいへんオープンな小説である。手紙を集めたものではあるが、遺言書がそのまま載り、ときに日記体になり、瞑想が載り、手紙のなかに他者の手紙が入り、古今の詩からの引用を多数載せ、演劇の場面のようにセリフだけになることもある。リチャードソンは印刷業を営んでいたから、手近の印刷機でさまざまな活字を駆使できた。視覚的効果を求めてイタリックやハイフン、ゴシック体など多用し、さらに他者の手紙は改竄《かいざん》され、その箇所を明確に示すために、☛という絵文字まで使った。レイプ直後のクラリッサの錯乱状態は聖書からの断片がいくつも乱れて置かれた（一五四頁を参照）。『クラリッサ』はしばしば書き直されたから、初版と第三版ではかなり違う。つまり、リチャードソンの『クラリッサ』執筆の意図は極めて真面目なものであったが、小説自体は開放された空間であった。『クラリッサ』はこのように小説の新しい地平を開きその可能性を示した。

小説はときに作者の意向を無視するように独自の意味を持ってくるが、リチャードソンは脚注をしばしば行い徹底して『クラリッサ』の読み方、解釈をコントロールしようとした。当然ながらそのため読者の強い抵抗に遭っている。作者と読者、そして作品の関係は現代批評で再検討されていることで、その点でも『クラリッサ』は再度見直されている。文学史的には、書簡体小説はすでに先行するマイナーな女性作家たちが試みていたことで、彼女たちの影響も無視できない。この点はこれまでリチャードソン批評で多少看過されていることなので、本論で強調した。

本書は長大な『クラリッサ』に辟易して相変わらず食わず嫌いの読者のためもかねて、入門書、紹介書としても通読できるように書いた。最初に伝記も含め『クラリッサ』のこの小説が誕生するまでの経緯を説明して、さらに『クラリッサ』の内容を説明しながらこの小説の魅力を伝える。多くの読者にとって障碍と思われる歴史的背景も説明している。作品でつかわれるそれぞれの言葉にはその時代の、社会の独自の意味が含まれている。また制度や体制、思想が作品を規制し、抑圧し、あるいは逆に創造してもいる。クラリッサもそれらの象徴である言葉の呪縛から逃れようとして逃れられない。言葉は体制であり、古い力でもある。クラリッサはそのなかでもがいている。『クラリッサ』は一個人の社会や時代との闘いであると同時に時代の矛盾を浮かび上がらせる小説である。

なお、使用した初版のテクストは、それをベースにした「ペンギン版」(*Clarissa*. Edited by Angus Ross. (Penguin Classics). Penguin Books. 1985.) を使用、テクストからの引用の頁数はすべてアラビア数字で記す。最新のペンギン版 (2004) も頁数は同じ。第三版は、それをベースにした「エヴリマンズ・ライブラリー版」(*Clarissa* (in four volumes). (Everman's Library). Dent: London. 1967.) を使用、テクストからの引用の頁数は同上。

目次

序章

『クラリッサ』と時代背景、そしてクラリッサ

リチャードソンの書簡体小説

「書簡体小説」という言い方はなじみがないかもしれない。書簡体小説は全編が手紙で構成された小説をいうが、現代でははやっていない。ところがヨーロッパでは一八世紀にリチャードソンの『パミラ』と『クラリッサ』をきっかけにして書簡体小説が大流行した。その影響を受けたルソーやゲーテも書簡体小説で名作を書いた。書簡体小説といっても多種多様で、中世の『アベラールとエロイーズ』のような恋愛書簡もあれば、『若きヴェルテルの悩み』(一七七四)のようにヴェルテルひとりの心情告白の手紙でほとんど終始し、形態は書簡でも日記に近い場合もある。

リチャードソンの小説の処女作『パミラ』はパミラと両親とのやり取りが中心だが、第二作『クラリッサ』はクラリッサとアナ、ラヴレスとベルフォードの往復書簡を中心として、ほかに二〇名ほどの書き手がいる。それぞれの書き手の個性が手紙の文面にはっきり出ていて、書き方も独自性がある。これほどポリフォニックな書簡体は私の知るかぎり、『クラリッサ』しかない。たとえば、ピエール・ド・ラクロの『危険な関係』(一七八二)は『クラリッサ』の影響を受けて

書かれた書簡体で一二名の書き手がいるが、意外にその印象が薄いのは中心となる数名の書き手以外は明確な個性を持たないからかもしれない。

独自性ということでは、手紙を「いま、そのときに書く」(writing to the moment) という手法もリチャードソン特有である。直前に起こったことを書くが、過去を回想する小説と違って、書簡体では未来は不明である。そこでその不安な未来を見据えながら「いま」現在の情況を書く。もちろん事態が切迫しているということもあるが、必死になって書く。ラヴレスは速記術 (shorthand writing) で有名な男となっているし、クラリッサも彼に劣らず書くのが速い。二人とも一度手紙を書き出すと止まらなくなり、ときに一〇数頁（ペンギン版で）にわたる手紙を何度も書いている。書くことでそれまであいまいであった自身の気持ちが明確になってくるという利点がある一方で、書くという行為は次々と文章を増殖しているようである。書くという行為に溺れている。不安定な現在の情況を、書くという行為で楽しんでいるようである。現代風にいえば、書くという行為そのものを楽しんでいるから、エクリチュールの快楽を味わっている。

読者も書き手と同様の気持ちに引き込まれ感情移入する。ときには追い詰められた情況を体験する。書き手は事態が進行中のなかで書いているから、彼らの心中の揺れ、動揺も感じられる。「いま」というリチャードソン流書簡体の緊迫感が一層強くなる。小説は即興性を生み、独特の時間の流れを小説空間に作り出す。

書簡体小説は通常の小説のように作者によるコメントや客観的な説明はない。ひとりの書き手の手紙が連続する場合もあるが、別人の手紙に代わることもあり、それらを連結させるものはない。つまり、通常の小説と違ってたえず断絶する。さらにすべての手紙は本物だ、とリチャードソンは主張しているから、作者は必要ないことになる。これはほかの書簡体小説でも同様で、たとえばラクロは作者でなく編者として手紙を編んでいると主張している。

ところがこの編者が『クラリッサ』では大活躍する。『クラリッサ』では脚注が多数つけられているが、これは編者のつけたものである。小説で自身が注をつける作家もまれにいるが、これほど多量の注は例がないだろう。しかも内容の解釈について読者に注文をつけるということになれば、少し異常な感じがしてくる。作者、編者と読者の関係が問題になり、現代批評で『クラリッサ』のこの点が取り上げられるのは当然だろう。

その時代、社会、精神風土

時代ということでは、『クラリッサ』は一八世紀前半のイギリスが背景になっている。名誉革命後のイギリス社会は表面的にはしばらく安定している。スペイン継承戦争（一七〇二―一四）やハノーバー家のジョージ王朝への王家の交代後は、二度のジャコバイトの乱（一七一五、一七四五）と国外でのオーストリア継承戦争（一七四〇―四八）を除いて大きな戦争もなく、イギリスにとって穏やかな時代といえる。

一八世紀前半はイギリスが世界に植民地を広げて急速に国が豊かになっていく時期である。海外貿易が活発になり、オランダのアムステルダムに代わってロンドンが世界の金融市場の活動の中心地になっていく時期でもある。一方国内では大土地所有化が進み、昔からの貴族にジェントリー階級が国内の支配者層に加わった時代である。ジェントリーには弱小の土地所有者も含まれるが、この時代は大土地所有に成功したジェントリーが目立ってきて、そこで歴史的には「ジェントリーの勃興」といわれる。いわゆるエンクロージャーが徐々に広がり始めた時期である。そして貴族と大地主のジェントリーが支配階級を構成し議会を牛耳っていた。全人口の一パーセント強にしかならない人たちがイギリスを支配していたことになる。(1) さらに彼らは貿易など商業活動で儲けた商人や金融業者など資本家階級と手を組んで経済活動を握っていた。デフォーの称揚した商人、工業者の中産階級はその活動を下支えする力であった。

クラリッサのハーロウ家はロンドンでの商売で財を成し土地を増やし続けて成り上がり、大地主になった。一方ラヴレスの家はもとからの貴族である。貴族と大地主が婚姻によってさらに両家を発展させようとする動きは当時しばしばあったから、ジェントリーに属するクラリッサと貴族階級のラヴレスが結婚すること自体には何の問題もないようだが、両家の階級差は小説にしばしば言及され、当事者たちはその意識から微妙な言動をする。これも社会の動きを反映している。

当然のことながら、資産、財産、金融、つまりお金に関することが人々の関心の中心になる。家督を守る立場のクラリッサの兄はそのことに固執する。『クラリッサ』は、兄、姉を差し置いてクラリッサが祖父の遺産を相続することが話の起点となっている。リチャードソンが最初考えた題名が『淑女の遺産』(*A Lady's Legacy*) であったことからもそれはわかる。そして小説中にしばしば金銭的なことに言及される。それまでの貴族中心の浮世離れしたロマンス物の話と違い、極めて現実的なレベルで話が移動している。

一八世紀前半の精神風土も社会の平穏さに同調してあまり大きな変化はない。一七一〇年代からの一般人の思考形成に貢献したアディソンやスティールたちの「タトラー」や「スペクテイター」は創刊されてから三〇年過ぎた一七四〇年代になっても本としてまとめられ、盛んに読まれている。これらの日刊紙が当時の読者の精神的支柱になっていたことが分かる。『クラリッサ』にはそれらへの言及がいくつか直接、間接に散見される。ロンドンの娼館のクラリッサにあてられた部屋の蔵書にこれらの本が置いてあり、クラリッサは喜んでいる。

サミュエル・ジョンソンは「偉大な道徳家」(the great moralist) といわれ、この時代のイギリスを精神的にリードした。彼は世の中の道徳低下を嘆き「楽しませるのでなく、教える、悪い点をしっかりただしていく」という道徳的意図で「ランブラー」紙を刊行したが、これはさきの「スペクテイター」の精神的延長上にあって、それを引き継いでいるともいえる。ドクター・ジョンソンは『クラリッサ』を大変持ち上げたが、それは倫理的、精神的側面を前面に出して小説を書くリチャードソンの姿勢を評価していたからである。

当時演劇が大衆娯楽の中心であったが、王政復古（一六六〇）以降上流階級の浮薄で道徳的に乱れた世界を舞台にした演劇——風習喜劇と呼ばれる——が一八世紀に入ると次第に批判されるようになる。中産階級の倫理観が演劇を徐々に支配していく。リチャードソンは演劇好きだったが、信仰心の強いクリスチャンであったから、演劇の不道徳性を批判していた。『クラリッサ』のラヴレスはその演劇から出てきたような不道徳な人物である。一方のクラリッサは中産階級の、さらにいえばキリスト教の倫理観を具現化したような人物になっている。リチャードソンは小説をこの時代の乱れた不道徳や風習を矯正する手段として考えていたから、その傾向が強くなるのは当然かもしれない。

クラリッサについて

クラリッサは小説の冒頭で当時の理想的な若い女性として登場する。信仰心が篤く、家庭的で親の意向に従順な女性である。家庭こそ女性の生きる場所というこの時代の考えに異議を唱えることはない。クラリッサはその基本姿勢を死ぬまで持っていた。彼女が反抗的態度になるのはソームズとの縁談話以降からである。そこから当時の若い女性の置かれた境遇が顕在化する。一八世紀前半は相変わらず圧倒的な男性社会であり、家父長制でもあったから、女性の意向は家庭内で二の次に置かれ、結婚話でも同様で、一家にとっていい縁談を娘が断れない情況であった。さらに財産権を含め女性の権利が制限された時代である。一方で、クラリッサが自分の一生の幸せを左右する結婚話で自分の基本的な権利を主張するのは当然である。

クラリッサの抵抗はこの時代の新しい流れを象徴している。古い体制が続いてはいるが、個人の権利を認める動きがすでに出ていた。結婚において男女間の愛情が結びつきの中心になりつつあることはロレンス・ストーンが『家族、性、結婚の社会史』（一九七七）ですでに指摘している。個人の権利も徐々に認められてくる。男性には放縦を許し、女性には厳しい節操を求める性に対する男性側の一方的な姿勢も当然視されなくなってくる。つまり、女性の主体性が認められ始めていた。

　クラリッサの信仰心は彼女の行動を縛るように見える。純潔は美徳という意識が強烈で、ラヴレスとの肉体的接触を極度に恐れる。当時の一般的な感覚を超えるほどクラリッサの倫理観は頑なとも言える。このヒロインに託したリチャードソンの思いが見える。それがラヴレスとの関係では障害となる。

　ラヴレスの関係からクラリッサを見ると、彼女の置かれた情況が一層はっきりしてくる。クラリッサとの関係が行き詰まった話を聞いて、ラヴレスの伯父で当主のM卿が「できるだけ早く国会議員になって仕事をすることになれば、少なくとも私的な悪さ（*private* mischief）は止められる、したければ公的な悪さ（*public* mischief）を議会でしたまえ」(666)〔傍点部は原文がイタリック。以下同じ〕という趣旨の忠告する箇所がある。伯父にとってレイプにまで発展しそうなラヴレスの一連の行為は「私的な悪さ」（mischief という語に問題意識の軽さが感じられる）である。これは貴族の、あるいは当時の多くの男性の意識である。

　遊び人のラヴレスはそれまでつきあってきた多くの女性と同じように策を弄してクラリッサを

口説こうとするが、すべて失敗に終わる。当初、彼はクラリッサを立派な女性だが、性に関してはふつうの女と変わらないと見ているからである。クラリッサの頑なとも思える態度に業を煮やしたラヴレスはレイプという手段を最後にとらざるを得なくなる。結局最後までラヴレスはクラリッサを理解できない。

王政復古期から続く放蕩者の典型としてとりあえず描かれているラヴレスは女性に対する固定観念から逃れることができずに破滅する。そのラヴレスにとってクラリッサはまったく取り付く島もない相手である。リチャードソンの設定したクラリッサ像はあまりに硬質である。テリー・キャッスルの本の『クラリッサの暗号』の原題は'Ciphers'で、ラヴレスにとって彼女は「サイファー」暗号、謎であるから解く必要があるがそれはできそうにない。「サイファー」にはゼロ、無価値という意味もあるから、難解である。

クラリッサはこのように新旧さまざまな動きの中に身を置いている。彼女のなかの葛藤はそれを如実に表している。物語の冒頭三分の一はハーロウ家とクラリッサを巡る話であり、一種のホームドラマであるが、その葛藤を一層強めている。クラリッサは選択肢がどんどんなくなって追い詰められていく。つまり彼女の運命には必然性がある、悲劇性がある、とはリチャードソンの考えである。逆に当時の多くの読者が土壇場でのハッピーエンドを望んだ。これは小説の終わり、エンディングの問題であるが、この時代は悲劇を好まなかった。ネイハム・テイトがシェイクスピアの悲劇『リア王』をハピーエンディングに書き直し、その翻案の脚本が舞台でもてはやされた時代である。

第一章 リチャードソン略伝

サミュエル・リチャードソン（一六八九―一七六一）の生涯は、『パミラ』が出た一七四〇年以降、つまり五〇歳以降については、多数の手紙が残っているので事実確認しやすいが、それまでの、とくに三〇歳代までの来歴については不明なところが多い。彼は自らの経歴を身内の者にすらあまり語らなかったからだ。わずかに彼の死後生き残った娘たちの手紙や、娘マーサと結婚したエドワード・ブリジェンが一七八六年に出した短い伝記と、『クラリッサ』をオランダ語訳したヨハネス・スティンストラとの往復書簡中でリチャードソン自身が珍しく詳しく自身の半生に言及している。（ジョン・キャロルが編んだ『サミュエル・リチャードソン書簡選集』(*Selected Letters of Samuel Richardson*, ed., by John Carroll) の一七五三年六月二日付けの手紙 (Carroll, 228–35) として載っている。）それらが乏しい資料のなかでの情報となっている。大部の『リチャードソン書簡集』(*The Correspondence of Samuel Richardson*) 全六巻を編んだアナ・レティシア・バーボールドはその巻頭に二百頁を超える伝記を書いているが、新情報は意外に少ない。伝記であるがそのなかに、『クラリッサ』の登場人物の詳細な分析などが記されていて、一九世紀初め（一八〇四年）の受容の仕方が見えてくる。いずれにしても、多くの伝記はそれら少ない資料を参考にしながら書くことになる。代表的な伝記はイーヴズとキンペルによる大部の評伝『サミュエル・リチャードソン、ある伝記』(*Samuel Richardson, A Biography*) である。以下の略伝はそれらの資料を利用している。

彼の先祖は祖父の代までイングランド東南のサリー州バイフリート (Byfleet) のヨーマン（自作農）であった。小農だが豊かだったともいわれる。しかし大家族だったため、祖父は彼の父サミュエル（作家と同名）をロンドンに指物師の徒弟に出した。父は七年間の奉公を終えた後自立し、腕のいい立派な職人になった。最初の妻に死別され、エリザベス・ホールという女性と再婚したが、その長男がサミュエル・リチャードソンである。次の話はそのまま受け取っていいか微妙だが、彼の説明では、モンマス公（チャールズ二世の庶子）がジェームズ二世の即位に反対して反乱を起こした一六八五年前後に、父はモンマス公と親しかったこともあり、難を避けて中部ダービー州のマックワース (Mackworth) に逃げた。リチャードソンはそこで一六八九年八月に洗礼を受けている。生まれた日は彼の娘アンの説明では七月三一日だろうとされる。いわゆる名誉革命の最中に生を享けたことになるのは興味深い。

しかし、革命後まもなく一家はロンドンに戻っている。住所はタワーヒル地区と呼ばれるロンドン塔の周辺であった。父は当初彼を国教会の司祭にしたいと考えていたが、リチャードソンの説明では、父はかなりの負債を抱え込んでしまってちゃんとした教育を継続させることができず、彼は一五、六歳で聖職をあきらめ、普通の仕事につくことになった。当時司祭になるにはオックスフォードやケンブリッジの大学を出ていなければならなかったからだ。父は「私にごく普通の学校教育しか与えられなかった」。現在名門とされるインディペンデントスクール（私立学校）のマーチャント・テイラーズ・スクールの一七〇一―〇二年の名簿にリチャードソンの名前が載っているから、短期間であるがそこで学んだのだろうとされる。ラテン語も少し学んでいるはずとイーヴズたちは書いているが、リチャードソン自身は英語しか知らないと言っていた。とにかく、当時の文人の多くが大学出であり、豊かな教養を誇っていたことを考えると、異色の作家である。ダニエル・デフォーも大学を出ていないが、彼の場合非国教徒（英国国教会に属さない者）だったから大学に入学ができなかった。いずれにしてもイギリス小説の創始者と目される二人が大学出でないことは注目される。リチャードソンの作品に言及した当時の多くの書評家たちは異口同音にそのことを指摘して、そのハンディキャップを乗り越えて書かれた作品の出来映えに驚いた。

しっかりとした教育を受けられなかったリチャードソンだが早熟だった。同じ年頃の男の子のように遊びまわることより本好きで、聖書もそらんじていた。あだ名が「くそまじめ」(Serious and Gravity) であった。彼の手紙を書く、話を創作する才能はすでにこのころから芽生えていて、ジョン・ジョーンズが『ジェントルマンズ・マガジン』に載せた追悼記事（一七八三）には、リチャードソン自身の説明として「一二歳ころのとき、教区のあるご婦人（五〇歳近い未亡人とイーヴズたちの伝記にはある）について短い人物描写をした、彼女は立派な聖者という評判であったが、私は大変な偽善者と考えていた。……その描写が正確なため名前は書かなかったのに皆が彼女だと分かった」。[1] さらに「近所の読書好きの若い女性たちの人気者」だったから、彼女たちが裁縫中などに本を朗読し、そのコメントをしたりした。一三歳ころに彼女たちの恋文書きを手伝い、その文例も書いたと彼は言っている。五〇歳から書簡体小説を書き始めたリチャードソンだが、その四〇年近くまえの話である。

印刷業の修行、そして独立

一七歳になった一七〇六年にシティー北西のオールダーズゲイト（Aldersgate）にあるジョン・ワイルドの印刷所で徒弟となっている。この職業を選んだのは彼自身がいう「読書欲」（Thirst for Reading）のためである。徒弟として一七一三年まで奉公働きをすることになる。親方のワイルドはこうるさい男で細かいことまで指図したが、リチャードソンは生来まじめであったから、精勤し、主人から「わが家の柱」（the Pillar of his House）と呼ばれるほどになった。好きな読書は仕事を終えてからの遅い時間で、ロウソクのもと読んだ。

このころ、「大変身分ある立派な紳士と文通」をしたと彼は言う。紳士の身元は不明だが、「立派な手紙を書く」人だったとある。イーヴズたちは『パミラ』のミスター・B、あるいは『クラリッサ』のラヴレスのモデルかもしれないと推測する。ワイルドの印刷所ではおもに暦、笑話集、大衆的な読み物を印刷していたというが、リチャードソンがその他にどんな本を読んだかはわからない。

一七一三年に年季が明け、一七一五年には書籍出版業組合公民（フリーマン）になっているから、着々と独立の過程を進んでいることがわかる。一七二〇年一月にワイルドが死ぬまで、この印刷所で植字、校正の仕事をつづけた。その後独立して印刷業をつづけたが、順調でどんどん手広くなっていく。小説家として名をなした以降もこの仕事に終生献身的に奉仕した。彼の印刷業についてはウィリアム・M・セイルの本（*Samuel Richardson: Master Printer*、一九五〇）に詳しい説明がある。それによれば、同業者のジェームズ・リークともこのころ仕事上密接な関係があり、リチャードソンは何人かの職人を譲ってもらっている。翌一七二一年一一月に亡き雇主ワイルドの娘マーサと結婚している。二二年三月に書籍出版業組合の正式な組合員としてリヴェリ(livery)（組合所定の服を着ることから）を許可されている。マーサとの間に五人の息子と一人の娘、計六人が生まれたがすべて幼少期に亡くなった。さらにマーサも一七三一年一月に亡くなった。リチャードソン自身の言葉で「二年間で一一人もの身内の死亡」[1]がもとで、倦怠感、無力感、めまいなど、不調が続いた。身内の不幸がリチャードソンに与えた影響、特に精神面への影響は大きかったとされる。のちに彼はパーキンソン病を患うがその予兆が出ていたとイーヴズたちは書いている。翌翌年の三三年二月に前述した同業者ジェームズ・リークの娘エリザベスと再婚した。彼女との間に六人の子供が生まれたが、二人を除く娘四人が長生きした。エリザベスも一七七三年まで生きた。男の子がすべて早世したのはリチャードソンにとっては一層の痛手で、印刷業の後継者を兄弟の子、甥に頼らざるを得なかったことはあとで触れる。

このころの住所はフリート・ストリート近辺である。最近まで多くの新聞社が集まっていたので有名なロンドンのメインストリートだが、かつては印刷出版業の中心地であった。リチャードソンは数回転居しているが生涯フリート・ストリート脇のソールズベリー・コート (Salisbury Court) 周辺に住まいを持った。『クラリッサ』は版を重ねるごとに書き直されているのだが、これは印刷所が彼の住んでいた建物の階下にあって、簡単に印刷機の活字を組み替えることができたからである。この点は重要なポイントであとでも触れる。

リチャードソンが最初に印刷した本としては、アイルランドの司祭ジョナサン・スメドリーの詩集、『折々の詩』(*Poems on Several Occasions*)（一七二一）、さらに同年フランスのフェヌロンの『女子教育論』(*Éducation des Filles*) の翻訳などがある。当初からさまざまな分野のものを印刷していた。少し注目すべきことに、彼が印刷した初期の本のなかにいくつかの反体制的な言動の人々の本がある。当時はホイッグ党ロバート・ウォルポールの長期政権の時代（一七二一—四二）の初めころで、南海泡沫事件 (the South Sea Bubble) で世の中が騒然としてまだ政権が安定していない時期だったから、ウォルポールは反対勢力に非常に神経質になっていた。また一七一四年のジョージ一世即位以後二世紀近く続くハノーバー王朝の時代が確立していく初期の段階でもあった。「反体制」はその状況に不満を抱くトーリー党系の一派を指す。リチャードソンはそのような時期（二一―二三年）に反ウォルポール政権、反体制側のパンフレットをいくつか印刷した。さらにロチェスター司教フランシス・アタベリーの本の印刷もした。アタベリーも同様に反体制側で、彼は、フランスに追われたスチュアート家のジェームズ（老僭王と呼ばれる）の復位を目論む陰謀に加わっていた。彼らはトーリー党右派のジャコバイト（新しいハノーバー王家に反対の派。ジェームズのラテン語形から）といわれるグループだった。アタベリーは以前に問題を起こし、すでに当局の監視下にあったが、ジェームズの王位復権を目指す陰謀事件、「アタベリーの陰謀」(Atterbury's Plot)（一七二一―二二）を引き起こし、教会の役職を解かれ、二三年に国外追放された。その直後にリチャードソンは彼の『訓言、感想、所見』(*Maxims, Reflections and Observations*)（一七二三）を印刷している。ずいぶん当局に対して挑発的な行為である。同様のことは初代ウォートン公爵の週刊の刊行物「真のブリトン人」(*The True Briton*) でもいえる。ウォートンはウォルポールと激しく対立した男で、ウォルポール政権を風刺し批判する刊行物の印刷を一七二三年から翌年にかけてした。ウォートンはもともとホイッグだったが、のちにジャコバイトになった男である。なお、娘婿ブリジェンの伝記ではリチャードソンはウォートンと親しかったとある。(2)

当局からは危険な印刷屋と見られても仕方ない状況だったが、なぜリチャードソンはあえてこのような印刷を引き受けたのか。イーヴズたちの伝記では、当時リチャードソンは独立して印刷業を始めたばかりだったから、依頼されたものは何でも印刷したのだろうと推測している。表面的にはとても政治的に見える行動だが、彼がジャコバイトや、反体制の過激な思想を支持していたという証拠はない。あとで見るようにリチャードソンは社会の堕落した風潮にはかなり批判的だったが、政治的姿勢はあえていえば保守的、トーリー的だった。リチャードソンは反対派の意見もたくさん印刷したとダッシンガーは書いているが、(3) 若い頃はそれが当たっている。のちに一七三〇年代に議会関係のもの、個別の法案印刷まで任されていることから推測すると、二〇年代初期にリチャードソンが反体制派の印刷に関わったことを問題視する必要ないと政府当局は判断したようだ。いずれにしても、いい意味での融通性、自在さがリチャードソンにある。自分と違う教義にも寛容であったと、イーヴズたちの伝記は認めている。のちの小説執筆にもそれが活かされてくる。

以後、三〇年以上続く彼の印刷所から出た本は多岐にわたる。当時多かった予約出版物、フィリップ・シドニーの全集や、いくつかの定期刊行物、翻訳物、宗教関係の本、いわゆるニューゲイト物、演劇の戯曲、『ガリヴァー旅行記』抄本（一七二七）、彼自身の文案による『イソップ寓話集』（一七三九）など。イソップはレストレンジ本が定本であったが、それに代わってリチャードソンのイソップが売れたという。

当時の印刷業は本来、出版者の依頼を受けて仕事をし、本の出版事項（インプリント）には出版者の名前しか出てないのがふつうだったからリチャードソンの名前はそこにはない。セイルは独自の論拠をもとに彼の印刷所で印刷された本を五一六点列挙しているが、現在ではリチャードソンが実際に印刷したものはその数倍あるといわれている。判明している印刷物のなかには、リチャードソンの好みが反映されているものもある。またセイルによれば、自分の作品も含め利益の上がる著作権を全部、また分割所有していた。彼の資産の中でそれはかなりにのぼったという。また当時の大きな印刷所と同様、リチャードソン自身が出版者として本を刊行したケースもあるという。［なお当時ブックセラー（書籍商）がパブリッシャー（出版者）の意味で使われていた。］のちの文筆活動と関連するが、ダニエル・デフォーの本を印刷しているのは興味深い。デフォーの『グレイトブリテン全島周遊記』(*A Tour through the Whole Island of Great Britain*)を一七二四年からしばしば印刷し、改訂し、さらにリチャードソン自身で部分的に書き直しや書き足しまでした。彼自身はほとんどロンドン周辺から出ないで、旅行もあまりしなかったが、この周遊記はよほど気に入った本だったのだろう。

一七三〇年代に入ってからも彼の印刷業は順調で、さきに挙げたさまざまなジャンルに加えて、いくつかの定期刊行物、ジャーナルに関わっている。その代表というべきものが、政府寄りの新聞「デイリー・ガゼッティア」(*The Daily Gazetteer*)で、一七三五年から一一年間続いた。長年の議会関係者とのつきあいから、政府の報告書や議会関係の印刷に関わったから、一七四二年のことになるが、「平民院（下院）議会日誌」(*The Journals of the House of Commons*)という大変利益の上がる印刷を任されている。これは終生親しい間柄であった下院議長アーサー・オンズローの口利きがあったためとされる。

著作活動

リチャードソンは若いころ恋文書きの手伝いをし、印刷業を始めてからは関係した本に手を加えたりし、さらに自身の関係した定期刊行物に仮名、匿名ですでに寄稿していたから、文筆活動を始めたのはある意味で必然とも思える。

彼の著作第一号というべきは『奉公人必携』(*The Apprentice's Vade Mecum*) という小冊子で一七三三年に出た。その前年彼の甥トマス・ヴェレン・リチャードソンを自分の後継者として徒弟に着かせたことがあり、そのとき彼に宛てた教育的な手紙がこの冊子の土台になっている。この甥はこの手紙のわずか三カ月後に死去している。リチャードソンは極めて真面目な男であったから、時代の風潮、とくに若者たちの遊興心、信仰心の欠如など精神的堕落を終生にわたり憂えた。その気持ちは彼のすべての著作に表れている。この冊子は三部構成になっていて、最初の二部は奉公人、徒弟の心得に焦点をあてられている。自身の体験をもとに書いたのだろうが、奉公人として取るべき行動、態度を項目ごとに要約している。当時流行したマニュアル本、コンダクトブックの一種である。第三部は時代を憂うる内容で、「現代の堕落」に始まり、無神論、理神論、自由思想、性の放縦などが槍玉にあがっている。のちに彼が出版したデフォーの『完璧なイギリス商人』(*The Complete English Tradesman*)（一七三七）と同種の若い人たちへの人生の指南書である。

一七三五年に『王室認可を無視して建てられた劇場の所有者、寄付者の請願、主張に対する適切な検討』(*A Seasonable EXAMINATION of the Pleas and Pretensions of the Proprietors of, and Subscribers* to, *PLAY—HOUSES Erected in DEFIANCE of the ROYAL LICENCE*) という小冊子をだした。題名からわかるように、正式な許可を得ず一七二九年に建てられたグッドマンズ・フィールズ (Goodman's Fields) 劇場の関係者を批判し、さらには演劇自体の問題性、みだらな内容、時間の浪費など若者への悪影響、風紀を乱すいかがわしい女性たちなど細かく批判している。リチャードソンは当時の演劇に否定的だった。この二年後（一七三七）ウォルポール政権は事前許可制法 (the Licensing Acts) で演劇の規制をしている。

一七三八年夏、ロンドン西のフラム (Fulham) のノース・エンド (North End) にかなり広い別邸（カントリーハウス）を借りていることでもわかるように、印刷業のほうは順調で、ロンドン屈指の印刷所になった。

実質的な著作活動は一七三九年から始まっている。リチャードソンが五〇歳前後のころで、彼の最初の小説『パミラ』を書き始めた。ここでは順序が逆になるが、『パミラ』の二カ月後に出された『日常書簡』(*The Familiar Letters*)（一七四一）に触れておきたい。これは『パミラ』よりまえに書かれたもので、彼自身の説明では、ジョン・オズボーンとチャールズ・リヴィングトンの二人の出版者に勧められて書いたという。『日常書簡』は通称で、もとの正式な題名は『重要な折りに、当該の友人宛に書かれた書簡』(*LETTERS Written TO and FOR PARTICULAR FRIENDS, On the most IMPORTANT OCCASIONS*) となっていて、さらに「日常書簡を書く際に必要な文体や形式」と説明されている。実践的に役立つ書簡集であるとリチャードソンは自慢している。書簡集全体としては口語体に近い、飾らない平明、簡潔な文章を推奨している。平明さは手紙に限らず一八世紀全体の文章の書き方の主流で、リチャードソンはそれに乗っている。彼はそれをさまざまな書き手に応じて文体を変えながら示している。

なお、デフォーは『パミラ』との関係で重要である。時期的にも『パミラ』との関係で重要である。

なお、デフォーは『家庭の教育者』(*The Family Instructor*)(一七一五)という、当時よく売れた作品を書いているが、リチャードソンはそれを印刷工だった若い頃読んだと推測される。ウィリアム・セイルによれば、その新版『(新)家庭の教育者』(*The New Family Instructor*)(一七二七)をリチャードソンは印刷している(Sale, 162)。当時の精神的堕落を憂えたデフォーならではの作品で、薄れてきた信仰心を家庭内でしっかり植え付ける目的の本である。『家庭の教育者』は精神教育が主眼で、リチャードソンの『日常書簡』と違って実用的ではないし、書簡体でもない。しかし対話(会話)形式で綴られる話にはドラマチックな物語性があり、その平明さ同様、リチャードソン作品と共通する点がある。『家庭の教育者』は『日常書簡』同様に流行していたコンダクトブックという範疇に入れることができる。

『日常書簡』の第一書簡は凡庸な息子に弁護士の職を無理強いする父親に宛てた友人からの忠告の手紙である。以下全部で一七三通がある。'familiar' (←family) という語から推測される通り、家族や身内からの手紙が多い。父や母から娘、息子へ、あるいは逆のケース、伯父から甥、兄から弟へなど、多様である。それぞれの立場からの忠告、助言、相談である。『パミラ』との関連でいえば、第一三八書簡に奉公先の主人に犯されそうになった娘に、父から早く帰ってこないと危ないと伝える手紙があり、その返信の第一三九書簡は、主人は二度とあんなことはしないと言っていますが帰りますという娘の手紙になっている。『クラリッサ』の関連では、第九一書簡に、父から娘へ結婚相手として愚かな男や、放蕩者はやめなさいと忠告している。

『パミラ』の出版は翌年一七四〇年一一月である。田舎娘が苦難のすえ奉公先の上流階級の男と結婚する話は大人気で初年だけで五版出たから、他の作家も刺激されて模倣作を書いた。反パミラの代表はヘンリー・フィーディングで、『シャミラ』(*Shamela*)(一七四一)、『ジョゼフ・アンドルーズ』(*Joseph Andrews*)(一七四二)など、それを揶揄する作品を書いた。『パミラ』の好評に意を強くしたリチャードソンはその続編『高貴な身分のパミラ』(*Pamela in Her Exalted Condition*)(一七四一)を書いた。続編は一応売れたが『パミラ』のそれにはおよばなかった。作品としての評価も、当初は賛辞の声もあがったが、その後現在にいたるまでかんばしくない。

『クラリッサ』を書き始めたのは一七四四年からだろうと推測されている。一七四七年一一月に最初の第一、第二巻、次に翌四八年四月に第三、第四巻、そして一二月に残りの三巻と三回に分けて出版された。一般的な評価は高かったが、深刻な重い内容の作品だったから、売れ行きのほうは、最初の二巻は一応よかったが、『パミラ』のそれとは比較にならなかった。二回目の第三巻からの出版はさらにかんばしくなかった。現代と同じく当時の読者も軽い読み物を好むのは同じである。また当時から長大さを心配する声があり、それを冗長だから縮小しろという人もたくさんいた。付け加えれば、『クラリッサ』はヨーロッパ大陸でもアベ・プレヴォーの仏訳の抄訳（一七五一）など次々と翻訳され、ルソーの『新エロイーズ』（一七六〇）など書簡体小説の大流行につながった。なお、クラリッサが小説の最後で言及している聖書からの引用集『聖典からの瞑想集』(*Meditations Collected from the Sacred Books*) を一七五〇年に出している。

さきに書いたように、身内の度重なる死去で打撃を受けたリチャードソンはしばしば体調をくずしている。もともと彼は赤ら顔で小太りの男だったから、すでに一七三〇年代、医者のジョージ・チェインが、彼の肥満を注意していた。リチャードソンはチェインのうつ病など神経症を扱った有名な本、『英国病』(*The English Malady*)（一七三三）を印刷していて、旧知の仲であった。慢性的に発作や手の震え、めまいを繰り返し、しばしば瀉血などの治療をしてもらった。旅行をほとんどしなかったが、妻の兄を訪ねて一七四二年と一七五三年にイングランド西南の湯治場バースへ行ったのは病気の相談、療養も兼ねてのことだったと思われる。一七五〇年代は神経性の不調がますます繰り返された。また一七五二年九月には印刷所の一室で火事が発生、幸い延焼せず難を逃れたという一件もあり、万事順調というわけでもなかった。

『サー・チャールズ・グランディソン』(*Sir Charles Grandison*) は一七五〇年の終わりごろから書き始めたと推測される。出版は一七五三年一一月から一二月にされた。売れ行きは『クラリッサ』よりよかった。ドクター・ジョンソン（サミュエル・ジョンソン）との交友は四〇年代半ばから始まっていると推測される (Eaves, 84)。ジョンソンの住むゴフ・スクエア (Gough Square) とソールズベリー・コートは数百メートルの距離だったから双方の往来は容易だった。ジョンソンがリチャードソンについて言及することはしばしばあったが、『ジョンソン伝』にはボズウェルがフィールディングの『トム・ジョーンズ』を称賛するとジョンソンがリチャードソンの『クラリッサ』をほめるといった場面が出てくる。ジョンソンはリチャードソン作品の人間性の追求が気に入っていた。ジョンソンは彼の『英語辞典』にリチャードソンの文章を九七回引用しているとイーヴズたちの伝記に書いてある (Eaves, 389)。なお、それらの引用は『クラリッサ』などからの直接の引用ではなく、その語録を書き直して集めた『道徳的、教育的所感集』(*A Collection of the Moral and Instructive Sentiments*) から採ったものである。

印刷業は相変わらず順調で、このころは三〇人から四〇人の職人を雇っていて、監督を人に頼み、リチャードソン自身はたまに顔を出すだけになった。一七五三年に王立学士院の「哲学年報」(*The Philosophical Transactions*) の印刷を任され、翌年には彼は書籍出版業組合の組合長に一年間の任期であったが任命されている。それまで住んでいたソールズベリー・コートのそばに転居し、金をかけて建物を改築し、印刷所を住居と別にしたのもこのころである。またノース・エンドの屋敷の地主が変わり借家料が高くなったため、そのすぐ南のパースンズ・グリーン (Parson's Green) にある家を借りている。リチャードソンは週末に利用したが、家族はパースンズ・グリーンに住んだ。どちらの別荘にも友人や崇拝者など多くの人たちがより集った。

さきに触れたが、一七五五年にこれまでの三小説からの抜粋を集めた『道徳的、教育的所感集』を出した。その序文には、これらの小説には一冊の本にまとめられるだけの教訓的な、有益な、箴言的なことが書かれていると自慢している。いわば自画自賛の本である。それぞれの小説にわけて「良妻」、「人生」、というように項目をたてアルファベット順に並べている。『パミラ』からの引用の多くは続編から、また『クラリッサ』の三分の一の長さの『サー・チャールズ・グランディソン』からの引用箇所が一番多いことは注目される。それだけ『サー・チャールズ・グランディソン』は教育的要素が強いということでもある。

晩年の六年

後妻のエリザベスはあまり目立たない控えめな女性で、とくに知性的ということもなかった。当時別荘にはブルーストッキングと呼ばれた進歩的女性、たとえばセアラ・スコット（エリザベス・モンタギューの妹）やレディ・バーバラ・モンタギューなどが訪れたが、彼女たちのエリザベス印象も同様であった。しかし、リチャードソンは自分の妻を立派な女性であるといつもほめている。彼女との間の子で四人の娘が生き残った。『クラリッサ』で重大な問題として扱われる親子関係だが、リチャードソン自身は厳格な父であったようで、娘たちは父の前で押し黙った、と伝記にある (Eaves, 473)。逆にリチャードソンは打ち解けない娘たちの態度に納得がいかないようであるが、この点は彼自身に非があるとする人たちもいる。

彼の交友関係は『クラリッサ』出版以降、つまり一七五〇年以降急速に拡大していく。レディ・ブラッドショーとの関係はあとで触れる。『夜想』(*Night Thoughts*) で有名なエドワード・ヤングは昔からの友人で、終生親しかった。女性作家たちの出版にも助力し、セアラ・フィールディングやシャーロット・レノックスの小説はリチャードソンの印刷所から出た。このころ多くの女性がリチャードソン宅に出入りした。リチャードソンはほめられ、持ち上げられるのを好んだとはドクター・ジョンソンの辛口の評である。

リチャードソンは酒も控えめで、遊興に溺れることのないまじめな男だった。朝は五時に起床し、昼間の手が空いた仕事の合間に原稿を書いた。週末は別荘で過ごした。規則的な生活を送ったリチャードソンだが、一七五四年ころから病魔が執拗に迫ってくる。朝起きも遅くなり、印刷所へ顔を出すことも少なくなっていく。手が震えてペンを執れなくなってくる。パーキンソン病の症状であろう。五七年一一月に長女メアリが結婚するが、それを機に遺書を作成した。亡くなった弟ウィリアムの子、つまり甥のウィリアムに商売継続を期待して徒弟として雇い、その後も目を掛けていたが、彼がリチャードソンの許を五九年に突然離れ、独立したときは裏切られたと思った。実際は彼の死後（一七六一）その事業を受け継いでいる。リチャードソンは晩年被害妄想が強くなっていた。五九年は代筆を頼むようになり、手紙も激減する。リチャードソンは七〇歳になっていた。六一年六月に最初の発作に襲われ、翌七月四日に死去した。墓地はフリート・ストリートそばにあるセントブライド教会 (St. Bride's Church) であった。そこに先妻マーサが埋葬されていたが、一緒にという彼の希望であった。のちに後妻のエリザベスも同所に埋葬された。第二次世界大戦中ドイツ軍の空襲、爆撃でその墓所は破壊されたという。

第二章

『クラリッサ』の誕生へ

小説はその時代を反映している、時代が小説を生む。また小説は先行する小説のミメーシス、あるいはパリンプセスト、つまり模倣、書き直しである。リチャードソンは独自の小説世界を創造し、それが評価されているが、彼の小説も例外ではない。この二点を踏まえ、少し説明しておきたい。

時代背景

略伝で書いたようにリチャードソンが小説を書き始めたのは一七四〇年前後、彼が五〇歳ころのことだが、その一八世紀前半の文化状況を見てみよう。イギリスの「一八世紀は散文の時代」と言われるが、次々と出てきた新聞、雑誌のジャーナルはそれを象徴する。新聞は名誉革命後の一七世紀末、一六九〇年代に発刊されたが、それに触発されるように週刊誌、季刊誌など定期刊行物が出された。きっかけはホイッグ党とトーリー党の二大政党の政争にある。また、盛んな出版刊行が印刷業の活況をもたらしたことはリチャードソンの手広い印刷請負でもわかる。

ジャーナリズムの発達は文化の中心が貴族階級から中産階級へ移行していることを意味する。イングランド全土の三分の二の土地を所有する貴族やジェントリー、つまり地主階級が政治を支配する状況は変わらないが、新しい時代を象徴する金融や商業活動で富を得た商業階級を中心とする中産階級、ブルジョワジーの存在が無視できなくなった。彼らが当時のジャーナリズムを牽引した。しかし、OED（オックスフォード英語辞典）によれば「ミドルクラス」の初出は一八一二年、フランス起源の「ブルジョワジー」という英語も当時はないから一般的な認知はまだなかったということになる。「アッパークラス（上流階級）」という言い方も一九世紀に入ってから始まっている。

いずれにしても、さまざまな価値観、倫理観も貴族中心のそれから、中産階級のそれに徐々に移行していく。新興のブルジョワジーは身近な問題や処世を扱う本に興味を持つようになった。個々人がどう生きていくか、これに焦点が当てられるようになった。このころ小説が誕生したのも無関係ではない。小説は個人の生きざまを描くからだ。当時コンダクトブックといわれる行儀作法から処世術にいたるさまざまな指導書が出たのもその意識の表れと見ることができる。

当時の読者がどんなものを読んでいたか、は興味あるところであるが、『クラリッサ』にそのヒントがある。クラリッサがロンドンの高級娼館に幽閉されていたとき、あてがわれた部屋の一室に、この宿の女主人シンクレア夫人と二人の姪の署名入りの多数の蔵書を見つけた。読書好きのクラリッサに喜んでもらおうとラヴレスが仕組んだことではあるが、当時の読者、とくに女性読者も読んだと推測される本が並ぶ。リチャードソンが意図的にこの情報を提供していることは間違いない。さらに彼自身の好みが反映されている。その蔵書にいくつかの宗教書があるのは当時としては当然であるが、それ以外に次のような本が列挙される。

フランス語の『テレマコス』(*Telemachus*)［フェヌロン作］とその英訳本、スティールの本、ロウの本、シェイクスピアの劇、シバー氏の上品な喜劇『軽率な夫』(*The Careless Husband*)、同じ作家の他の劇、ドライデンの『雑録集』(*Miscellanies*)、「タトラー」(*The Tatler*)、「スペクテイター」(*The Spectator*)、「ガーディアン」(*The Guardian*)、ポープ、スウィフト、アディソンの著作。(525–26)

リチャードソンは印刷所開設初期の一七二一年にフェヌロンの『女子教育論』(*Education des filles*) 英訳本を印刷しているが、『テレマコス』(原題は *Télémaque*) も一七二八年にリチャードソンが印刷した教訓的ロマンスである。一七世紀後半から大衆文化をリードした演劇の脚本が多いのは当然であるが、スティールやロウの演劇本を置いているのはリチャードソン好みで、彼らの劇には教訓的な、あるいはセンチメンタルな要素が強いからである。『クラリッサ』に彼らの作品からの引用がある。シバーはこの代表作を始めいくつかの劇を書いたが、文学史的にはいわゆる「感傷喜劇」(sentimental comedy) と呼ばれる作品である。シバーの劇の感傷性はリチャードソンにも通じるものがある。とくに『パミラ』にはそれが感じられる。俳優であり、劇作家でもあったシバーはリチャードソンの友人で、『クラリッサ』草稿段階で結末でのクラリッサの悲劇的死を知り、作者に猛烈に抗議し、書き直すよう求めたという話は有名である。ドライデンは一七〇〇年に没しているから前世紀の大作家だが、ラヴレスはもとよりクラリッサの手紙にも彼の作品からの引用がなされている。文通相手のアナも当然ドライデンの劇や著作を観たか、読んでいる。一八世紀前半の演劇の定番がドライデンの劇だったことからも彼の影響が大きかったことがわかる。『クラリッサ』にはポープ、スウィフト、アディソンの名前や作品の引用がされるが、前半のイギリス文芸の中心的存在だったことはいまさら言うまでもない。

そのあとにわざわざ、「タトラー」(一七〇九—一一)(週三回)や「スペクテイター」(一七一一—一二)(日曜以外の毎日)、「ガーディアン」(一七一三)(日曜以外の毎日)の三つの定期刊行物が記載されているのは興味深い。三誌を合計すると千号以上になるが、いずれもスティールとアディソンがおもに書いたものである。彼らはホイッグ系であるが、できるだけ政治色を消してより広い読者を持った。題名からわかるように、日々のニュースは扱わず、当時の社会を観察しその諸相に対しコメントした。話しかけるような平易な文章、さらにユーモアたっぷりな文体で笑いを誘い、当時の都会と田舎の生活を描き、民謡や迷信、想像力、文芸など多岐にわたる話題を論じ、さらに夫婦関係など日常生活での考え方、判断基準を示し、読者との応答を通じて、文芸など審美的なものから礼儀作法に至るまで、一八世紀前半の文化形成に細部にいたるまで多大な影響をおよぼした。当時の言葉で‘taste’、「その時代の美的価値観」形成に与った。その根本にある精神は、「風習の改善」にある。当時のロンドンの人々はコーヒーハウスや各種クラブでそれらを貪るように読んだ。

夏目漱石は『文学評論』（第三編「アヂソン及びスチールと常識文学」）でその間の経緯やこれら刊行物の意義を詳しく分析しているが、その訓戒的傾向 (moralizing tendency) を一八世紀イギリス文学全体の傾向とした。[1] 実際、「スペクテイター」などの強い倫理性はリチャードソンの小説にも濃厚であり、「訓戒的」であることはあとで触れる。『クラリッサ』にはしばしばこの二人の作者とこれらの刊行物への言及がある。なお、漱石がやや突き放した書き方で総括したことでもわかるように、これら三誌は一九世紀末には読まれなくなっていた。その鼻につくような自己韜《とう》晦《かい》趣味が嫌われるようになった。

先行作品、女性作家について

小説がこの中産階級主体の文化移動に呼応していたかというと、意外にそれが遅かった。一八世紀最初の四半世紀はローマ時代の古典に倣ってふつうオーガスタン・エイジ (the Augustan Age)（新古典主義時代、あるいは文芸黄金時代）といわれ、さきに挙げたスウィフトやポープがリードする、たとえば風刺文学など都会的な洗練された文学が主流であった。

この男性中心の文芸にあって、それとは別に「ロマンス」と一般にいわれる小説群があった。

もともとロマンスは空想的、非現実的な設定で、さらには貴族階級の社交界での恋愛ゲームの話が中心であった。一七四〇年以前の小説を一言でいえば、それまであった宮廷恋愛、ロマンスに形態は則っている。いわゆる「恋愛物」(amatory fiction)(2)である。場面設定が海外にある場合も多く、その架空性、ロマンス性が一層強まる。波乱に満ちた話になる。しかし、識字率の向上〔一七五〇年で女性の識字率は四〇パーセントになった〕もあって、読者層が中産階級の富裕な女性中心に徐々に移行していくと、それに対応して内容は現実的なもの、女性が直面した問題、恋愛、結婚などがロマンスに投げ込まれていく。男性の横暴な行動に押さえ込まれていた女性の感情が露呈し、反抗的な女性が登場する。ときには奔放な女性が登場する。このロマンス物創作を担ったのが女性作家であった。

その先駆けがアフラ・ベーン(一六四〇―八九)である。ベーンは現在では黒人奴隷を扱った『オルノーコ』(一六八八)で有名であるが、すぐあとに出たメアリ・ドラリヴィエ・マンリー(一六六三―一七二四)同様に、当時の政界や宮廷の実在人物を風刺する、いわゆる実名小説、醜聞小説(scandal fiction)を書いている。マンリーの『新アトランティス』(*The New Atlantis*)(一七〇九)はその代表例である。しかしベーンはそれまでのロマンスとは違った時代感覚を反映させる作品も書いた。中編の『美しき男たらし』(*The Fair Jilt*)(一六八八)はたぐいまれな美貌と奸策で次々と男を籠絡し、苦境に陥れる女性が主人公である。当時の行動規範から逸脱した女性で、それが徹底していて、自分の行為を悔いることもない。ロマンスの領域ではそのような奔放な女性を許容するから、のちのロマンス物にも同様の女性が登場する。どうにもならない現実をあざ笑うような女性である。

ベーン、マンリーとともに三大ロマンス作家と称されるイライザ・ヘイウッド（一六九三―一七五六）は詩や劇の脚本を書き、舞台にも立った多才な女性だが、多数のロマンスを書いた。その小説にいかがわしい場面もあることから、アレクサンダー・ポープの『愚人列伝』(*The Dunciad*)（一七二八）では身持ちの悪い女性だと槍玉にあげられたが、ロマンス作家としては無視できない。のちに男性中心の話題だった「スペクテイター」に対峙する形で、女性読者を意識した月刊誌「女性版スペクテイター」(*The Female Spectator*)（一七四四―四六）を単独で執筆し刊行し[3]て、女性の教育、家庭などにおける意識啓発に力を入れたことからもわかるように、その作品の根底にはヘイウッド流の問題意識が潜んでいる。

ヘイウッドのロマンスは「ノヴェラ」(novella)という短い小説で、物語はパターン化されている。しかし従来のロマンスの場を借りているが、結果として、この時代に置かれた女性が見えてくる。男に誘惑され、裏切られ、転落していく女性の話は当時の女性たちの現実が投影されているとみることができる。現代のフェミニストたちからヘイウッドが評価されるゆえんでいる。なお、ヘイウッドは『パミラ』を茶化した『アンチ・パミラ』(*The Anti-Pamela*)（一七四一）も書いた。

以下にいくつかの作品を紹介しておこう。

ヘイウッドの小説第一号『過ぎた恋心』(*Love in Excess*)（一七一九）は当時大ヒットし、また後続のロマンス物にも影響を与えた。舞台はフランスで、莫大な遺産を妹とともに継いだ人一倍うぬぼれの強い女性が好男子の若い伯爵を好きになり、何とか結婚まで漕ぎつく。しかし伯爵には本当に好きな女性が別にいて、早速浮気され、激しい嫉妬に駆られたあげく、彼に誤って殺される、という典型的なロマンス話である。ノヴェラだが三部仕立てで、第三部はローマに舞台が移る。早い物語の展開、あきさせない場面造りでヘイウッド小説特有のきわどい場面もある。筋だけ追えばありきたりの話だが、意外に女性の心理を深く探って読者を惹きつける魅力がある。

『イギリスの隠者』(*The British Recluse*)(一七二二)はタイトルからは男性の隠者を想像するが、同宿した二人の女性がそれぞれ若いころ男にだまされた体験を語り、意気投合して隠棲する話である。前半はジェントリー階級の娘が父の死後厳しい母との田舎暮らしから出奔してロンドンで知り合いに紹介された男にだまされ、妊娠、死産を体験し、財産もなくし、自殺しようと服毒を試みるが助かる話、後半は、ジェントルマンの娘が父の指名した男との気の乗らない婚約を父の死後無視し、別の男に夢中になるが、この男は悪名高い女たらしと判明して目覚める話である。

『致命的な秘密』(*The Fatal Secret*)(一七二五)はパリでの話、才色兼備だが財産のそれほどないヒロインは意中の男もいないことから父の意向に従って婚約するが、どうしても相手が好きになれない。そこに好男子の伯爵が現れ、相思相愛のなかになる。病気を理由に式を延期し、ヴェルサイユでひそかに伯爵と結婚する。婚約者は二人が密会中に現れ、伯爵に殺される。さらに伯爵の父(侯爵)が偶然ヒロインの隠れ住んでいる家の近くで骨折し、彼女の家で介抱される。侯爵は彼女を好きになり、薬を飲ませて犯す。そこへ伯爵が現れ、侯爵は息子の嫁を犯したことを知る。ヒロインも、侯爵も自殺する。父に対する不服従のテーマ――『クラリッサ』でも重要な問題――が見えるように、ヘイウッド小説のヒロインはうぶだが、受動的なおとなしい女性ともいえない。

男性の身勝手な行動に振り回され、騙され、転落していく女性もいる一方で、さきのベーンのヒロインのように、逆に攻撃的な悪女がヒロインになることもある。既婚の男を誘惑し堕落させる攻撃的な男爵夫人を描いた『傷つけられた夫』(*The Injur'd Husband*)（一七二三）や、自分を拒否して妹と結婚した男への復讐心を駆り立てる激情的な女を描いた『ラセリア』(*Lasselia*)（一七二四）、さらにはみずから積極的に誘惑した男に捨てられたが、売春婦、田舎娘、未亡人など次々に変装してその男をだまし逃がさない女の話『ファントミナ』(*Fantomina*)（一七二五）などの作品もある。受け身の女性とは反対に復讐心や抑制の効かない情念に身を任せて行動する女性である。ヘイウッドは基本的には保守的だから、このような悪女は罰せられるが、ロマンスの場で抑制から解放された女性を描いているといえる。

同じ傾向はほかの女性作家にも見られる。メアリ・デイヴィスの『札付きの放蕩者』(*The Accomplish'd Rake*)（一七二七）では、貴族の男が意のままにならない女に睡眠薬入りクッキーを食べさせレイプする話で、『クラリッサ』でラヴレスがやった手法と似ている。ヘイウッドのラセリアは男をペンナイフで攻撃する。クラリッサが自分の胸をペンナイフで刺そうとするのとはナイフの方向が逆だが、『クラッサ』を読んでいる読者には似たエピソードとして映るだろう。表面的な類似ではあるが、リチャードソンはこれら先行する女性作家の作品をよく知っていた。貞潔を守る女性の道徳的なロマンスを書いたペネロピ・オービン (Penelope Aubin) の『興味深い歴史と小説蒐集』(*A Collection of Entertaining Histories and Novels*)（一七三九）の「序文」('Preface to Aubin') はリチャードソンが書いたとされ、最新の『リチャードソン著作集ケンブリッジ版』(*The Cambridge Edition of the Works of Samuel Richardson*) 第一巻『初期著作』(*Early Works*) に載っている (94–97)。この「序文」では、ヘイウッドたちの従来の小説家は「堕落した小説家」('fallen' novelists) として書かれ、逆にオービンは「よき小説の最高の実践者」と絶賛されている。このことからもリチャードソンが当時のロマンス物を熟知していたことが分かる。

ロマンス物は一七二〇年代に大流行したが、三〇年代になると急速に読まれなくなり、書かれなくなる。読者、特に女性読者が一層現実的な内容を小説に求めるようになったからである。それまでの「小説」に対する人々の認識も、『クラリッサ』でモーデン大佐が「(女性は) 刺激的な小説 (inflaming novels) を読み、くだらないロマンス (idle romances) を読んで軽率な行動を取り勝ちだ」(1279–80) といっているくらいだから評価は低かった。ドクター・ジョンソンは彼の辞書 (*Johnson's Dictionary*)（一七五五）の「小説」(novel) の項では「恋愛が通例の、つまらない話」(a small tale, generally of love) と定義した。ロマンスなどの恋愛小説、しかも短い物を意識していることは明確である。一八世紀中ごろ、つまりリチャードソンの小説が出たあとになっても、「小説」(novel) はこのように一般に理解されていたということになる。一七八五年、クレアラ・リーヴは、『ロマンスの進展』(*The Progress of Romance*) で、「ロマンスは荘重なつくり話で信じがたいような人物と事柄を扱う――小説は実生活とその様態を映し、書かれた時代を映す」と規定した。つまり一八世紀も終わり近くなってやっと蔑視的意味の少ない「小説」認識が主流になってきた。

といっても、小説にはロマンス的要素がつきものだから、一般読者の偏見はなかなかなくならない。ジェイン・オースティンは『ノーサンガー・アビー』(出版は一八一八年だが元原稿は一七九〇年代に書かれた）の第五章で、小説および小説家の低評価の風潮を嘆いている。小説が抵抗なく受け入れられるようになるのは一九世紀に入ってからである。

最後に一言、これらロマンス作家は堂々と表紙に自分の名前を載せた。一世紀後の一九世紀ヴィクトリア朝では女性が物を書くことは当時のジェンダー意識から逸脱行為と見られ、ブロンテ姉妹やジョージ・エリオットが仮名を使用したわけだから、一八世紀はおおらかな世紀だったといえる。

なお、演劇の小説への影響、具体的には王政復古（一六六〇以降）の演劇の小説との関連は、ドラマチックな筋立て、誇張した人物造形、鮮明な対比による会話進行など多岐にわたる。ラヴレスはそこから生まれた人物であるが、この点はあとの章で説明する。

新しい小説とは？

批評家レナード・デイヴィスは小説を「真実」(truth)、「最近のこと」(recentness)、「詳細さ」(particularity)、「身近さ」(familiarity) をキーワードにして定義している。[4] これに従えば身近な日常の出来事を扱った作品が新しい「小説」ということになる。遠い過去、歴史を語る物語、ヒストリーから現在に近い過去、ノヴェルへと進展していく。もちろん一六世紀後半スペインで生まれたピカレスク小説の系譜があり、イギリスではフィールディング、スモレットへとつながるが、リチャードソンの小説に関してはあまり関係がないので省略する。

ロマンスから小説への移行期の作品を考える際、最初に思い浮かべる作家はダニエル・デフォーだろう。彼は自身が「レヴュー」(*The Review*) というジャーナルを発行し、政治的にも活動した商売人だったから、時代の動きに敏感であった。彼の小説もそれを反映して、旅行記ブームに乗った『ロビンソン・クルーソー』(*Robinson Crusoe*)（一七一九）を書き、犯罪者物、いわゆるニューゲイト物として『モル・フランダーズ』(*Moll Flanders*)（一七二二）、あるいはピカレスクな小説も書いた。高級娼婦の物語『ロクサナ』(*Roxana*) には女性の自立のテーマまで扱われる。イアン・ワットは古典となっている『小説の勃興』(*The Rise of the Novel*)（一九五七）をデフォーからはじめている。すでに一九世紀末、サー・ウォルター・ローレイも『英国小説』(*The English Novel*)（一八九四）で同様の認識を持っていた。その意味ではデフォーを小説の始祖といっても一向に差し支えない。デフォーは従来の上流階級が中心のロマンスとは違ってその時代を題材にし、扱う階層は下層階級にいたる幅広い階層で、描き方も個々人の体験を時間、場所など明示し詳細に記述したワットの言う「フォーマルリアリズム」[5]である。都市部周辺を場面にしていて、デイヴィス的には新しい小説といえるが、その主人公はいずれも社会から疎外された者、あるいは外縁に位置する者である。リチャードソンもそのリアリズム性は似ているが小説史の系譜ということでいえば、デフォーの影響はそれほど顕著とはいえない。

『クラリッサ』は文学史的には先行した女性作家――いまはほとんど読まれない――の書簡体で書かれたロマンス物の流れに乗っている。しかしリチャードソンは、『クラリッサ』にまとめられた五百を超える手紙はすべて本物である、勝手に創作したわけでない、つまり「本当の手紙」であるとした。いずれにしてもリチャードソンは『パミラ』も含めそれまでと違った新しい小説を書こうとした。なぜリチャードソンは先行するデフォーの冒険者や犯罪者の小説の系譜でなく――彼はデフォーの作品をいくつも印刷、出版していた――女性作家の流れを受け継いだのか、それは本論で説明する。リチャードソンは先行作品、とくにロマンスを意識して、『パミラ』を「新しい種類の作品」(a new species of writing) と言った。友人のエアロン・ヒルへの手紙で次のように記している。

……素朴な話にみあった気楽な自然な形で書けば、この物語(『パミラ』)はたぶん新しい種類の作品を紹介することになり、それが若い人たちを仰々しい、壮観なロマンス物とは違った読書へ向かわせ、ありえない話、驚異的な話、現在それが世間にあふれているのですが、そんな話をしりぞけて、信仰と美徳の目的の促進に役立つだろう、と思ったのです。

（一七四一）(Carroll, 41)

ついでながら、同様のことをリチャードソンと対極に位置するとみられているフィールディングも言っている。彼は『ジョゼフ・アンドルーズ』（一七四二）の「作者の序」の冒頭で、これは「私の記憶ではこれまでわが言語（英語）で試みられたことのない種類の作品」だという。さらに「自然に断固として限定する」とも記している。フィールディングはその範としてセルバンテスを置き、自らの小説を「散文による喜劇的叙事詩」と言っているから、リチャードソンの小説とは違った方向を目指しているのだが、一八世紀を代表する二人の小説家が先行する作品と違ったものを意識しているのはおもしろい。

ドクター・ジョンソンはこの二人の小説を称賛したが、その理由はロマンス物と違って、「実際の状況の生活を描いていて、日々に起こっている出来事で変化し、人々の交わりのなかで現実に見られる人間の情念や性格に左右される感情に動かされている」(*The Rambler*, No. 4) からだ、という。ジョンソンが彼らの小説をノヴェルといわず、「フィクション」といっているのは、さきに説明したようにノヴェル＝ロマンスと考えていたからだ。この場合のフィクションには批判的な意味合いは含まれない。三者三様の言い方だが、「自然」が新しい小説のキーワードになっていることがわかる。

『パミラ』の新しさ

『パミラ』は従来の「有害な小説」(*pernicious* Novels)（本文に入る前の「わが立派な友へ」中、九頁）[6]と訣別して生まれてきたように見えるが、実際はそうでもない。さきに書いたように、ロマンスにはさまざまな女性の内面、心理が描き込まれている。上流階級の絵空事の世界であるようだが、この時代の女性の状況に対するそれぞれの作家の意識が反映されている。一七三〇年代に彼女たちの作品が読まれなくなったのは、中産階級の女性たちにまで広がった読者層の期待に応えなくなったからである。読者は一層身近な問題を扱うことを小説に期待するようになる。『パミラ』や『クラリッサ』は現実的な問題を扱い、それに応えようとしたが、テーマの本質はロマンスのそれとそれほど変わるものではない。マーガレット・アン・ドゥーディがロマンスから小説への連続性、流れを繰り返し強調しているのはこの点にある。[7]

『パミラ』は書簡体という形式を取っているが、イギリスでの先駆けというわけではない。書簡体小説の第一号はフランスで出たいわゆる『ポルトガル文』(*Les Lettres Portugaises*)（一六六九）として知られるもので、ポルトガルの尼僧と彼女を捨てて去ったフランス人騎士との往復書簡を指す。これがヨーロッパ中で人気となり、イギリスでは『イソップ』を英訳したレストレンジがこれを訳している。尼僧からの手紙五通がさきに一六七八年に出版され、それに触発されて、アフラ・ベーンは『ある貴族と彼の妹との恋愛書簡』(*Love-Letters between a Nobleman and His Sister*)(一六八四―八七)を書いた。貴族と妻の妹との恋愛を綴ったものである。実在の人物を取り上げ、さらにモンマス公事件を絡めたスキャンダルフィクション、ベーン流の恋愛書簡である。ヘイウッドも『ある貴婦人から騎士への手紙』(*Letters from a Lady of Quality to a Chevalier*)(一七二四)を書いている。もっともこれはフランス語原作の訳であるから厳密にはヘイウッド作とはいえないが、いずれにしても他にも書簡体小説の形を取っているものが出て流行した。エリザベス・ロウの『道徳的かつ面白い書簡』(*Letters Moral and Entertaining*)(一七三二?)はさまざまな書き手による手紙を展開させ、なかにはいくつかの手紙が連結して物語を構成しているものもある。比較的に短い手紙が多く、内容も深みはないが、結婚話における父の強引な介入や財産相続問題、放蕩者の悔悛など、リチャードソン作品同様のテーマも見られる。ドゥーディはこの作品がリチャードソンに影響を与えていると指摘している。(9)

一八世紀は手紙の時代といわれることがあるように、上流階級はもとより、地方の農民に至るまで手紙を書いた。男女間の手紙の交流も珍しいことではなかった。いわゆるペニーポスト(一六八〇年から)はロンドンに限られていたが、それに拍車をかけた。そのような状況でリチャードソンの『日常書簡』は書かれた。タイトル頁に「日常書簡で守るべき文体、形式だけでなく、人生によくある事柄への正しく、思慮深い考え方、行動を指導する」とある。リチャードソンらしく教育性が強いが、一言でいえば、手紙の模範文例である。一方、手紙交流の隆盛を象徴するように、「スペクテイター」紙や「ジェントルマンズ・マガジン」(*The Gentleman's Magazine*)（一七三一年創刊）は投稿される多くの手紙で構成された。リチャードソン自身も大量の手紙を残している。

『パミラ』全体の構成から見ていこう。リチャードソンの小説すべてにいえることだが、『パミラ』も匿名出版である。タイトル頁に彼の名はない。手紙はパミラと両親が書いたもので、それを編者 (the editor) がまとめているという体裁になっている。わざわざそんなことをしなくてもよさそうだが、これも従来のロマンスと違って真実らしさを追究するリチャードソンらしい工夫である。もっとも、この小説のまえにマリヴォーの『マリアンヌの生涯』(*La Vie de Marianne*)（一七三一―四二）の第四部（全一一部中）までが出版され、その英訳が一七三五年に出ている。この作品でもマリアンヌの手記を偶然マリヴォーが見つけたという体裁を取っている。リチャードソン自身はフランス語を知らないから読んでいないと否定しているのだが、編者の設定、手記（この小説は書簡体ではないが、マリアンヌは手紙の文体を使うと言明している）の採用など、共通するところはある。さらに重要な特徴、マリアンヌの微妙かつ詳細な心理描写はパミラのそれに影響を与えたかもしれないが、推測の域を出ない。

「真実と自然に基づく」（とタイトル頁にある）『パミラ』の新しさのひとつは、主人公パミラが貧しい一家の娘で奉公に出ているという設定だろう。これまで小説では地主や貴族など上流階級が中心であって、階級の低い人々は無視されていた。デフォー小説やピカレスク小説にも下層階級が登場するが彼らは犯罪者である。なお、パミラの説明では父はもともと資産もあったが、死んだ兄弟の借財を負ったため、没落したひとで、一時は学校を開こうとした教養人でもあったというから下層階級とはいえないかもしれない。リチャードソンはエアロン・ヒルへの手紙（一七四一年二月一日）で『パミラ』のヒントになったエピソードを二五年ほどまえにある友人から聞いたと書いている。それが事実だとすれば、貧しい家の娘が奉公先のお金持ちの男と結婚するという話がいくつかあったのだろう。典型的なシンデレラパターンで、その意味ではロマンスでもある。

一方で、奉公先で働いている女性がそこの男に犯されそうになるという話は現実的、かつ陳腐な話題だ。日常の場面である。しばしば指摘され、まえにも言及したが、『日常書簡』の第一三八書簡と第一三九書簡は奉公先の主人から犯されそうになった娘とそれを案じる父の話になっている。小説でもパミラの父はしばしば帰ってきなさいというが、パミラはいろいろ理由をつけて帰らない。一方でミスターBへの思い、恋心があり、一方で貞潔な女性でいたいという気持ちがある。これが『パミラ』を面白く、かつ複雑にしている。

『パミラ』はロマンスの通俗性から抜け出てこれまでになかった心理小説としてみることができる。日常に想定される場面で、パミラの心理がその時々の状況に応じて微妙に揺れ動く。その複雑な心理は単純に予測できない行動を生む。それまでのロマンスの登場人物は決まりきった性格を割り当てられ、その範囲内で行動した。E・M・フォースターのいうフラット・キャラクター[10]

が普通である。パミラにはさらにその感情、心理の動きに性道徳の抑制が絡まる。これがリチャードソンの新しさである。

手紙の文体も新しい。田舎娘が両親に向かって書いているから、くだけた平易な文体である。基本的には非公式な親密な内容になる。外部者に見せるわけではないからである。手紙の内容は宛てられた相手、読み手によって変わってくる。さらに言葉遣いも違う。これまでのロマンスでは上流階級の品のある言葉が使われていたが、『パミラ』では庶民的なそれになる。ときにやや野卑な言葉も出てくる。物語の舞台であるイングランド中部ベッドフォードシャー（Bedfordshire）の地方なまりまで指摘されている。文体や言葉遣いだけでなく内容も宛てられた読み手によって変わってくる。

『クラリッサ』でより一層際立つことになるが、「いま書いている」という、現在進行形のリチャードソン独自の手法はさきの心理描写を一層際立たせ、読者に信憑性、切迫感を持たせる。『パミラ』では物語の半ばで手紙を両親に送る手段をなくしたパミラは仕方なく日記風に綴っていくから全編が書簡体というわけにはいかないが、刻々と出来事を書いていくことには変わりない。

第三章
『クラリッサ』――物語の構成、梗概

『クラリッサ』の正式な題名は「クラリッサ、若い淑女の物語」(Clarissa or, the History of A Young Lady) で、さらに「私生活でのもっとも重要な事柄を含む、特に結婚における親子双方の間違った行動によって生じた苦悩を示す」とある。小説はクラリッサ・ハーロウの結婚問題が話の中心であり、少なくともその前半はその経緯を詳細に物語るものになっている。

リチャードソンは『クラリッサ』を計画なし (No-Plan) に書いたとエアロン・ヒルに書いている (Carroll, 71) が、およその筋の構想は最初の二巻を刊行(一七四七年一二月一日)する三年以上まえにすでにあった。その草稿は一七四四年七月にできたとされるが、それ以前からエドワード・ヤングやエアロン・ヒルたち友人、『パミラ』で近づきになった女性たちに原稿を送ってその内容について相談し合っていることが書簡集から確認できる。『クラリッサ』ではそれらの友人あるいは読者とのやり取りの結果が作品に反映され、版を重ねるごとに大幅な加筆、削除、変更、修正が行われるが、この点はあとで触れる。その後刊行は二度にわたっていて、第三、四巻が一七四八年四月二八日、第五、六、七巻が同年一二月八日、つまり三回に分けて一年がかりで刊行された。分割して出版されたのは、読者の反応を見ながらリチャードソンが書き進めたこと、さらにそれぞれの段階で、草稿を身近な読者と応答したことが関係している。

クラリッサとラヴレスを中心として展開する物語であるが、クラリッサのハーロウ家も主人公たちと同等の重要な意味を持つ。当初の題名を「ある淑女の遺産」と考えていたことでわかるように、この話は遺産相続にまつわる話でもある。クラリッサへの祖父の遺産が話の発端にあり、さらに伯父たちの資産相続、そして長子相続権など、ハーロウ一家の貪欲な資産形成欲が絡まってクラリッサの運命が変わっていく。物語の主筋は有名だが、それを支える仕組みは意外に複雑である。

手紙の書き手

主要な書き手は、クラリッサ・ハーロウ (Clarissa Harlowe)、ロバート・ラヴレス (Robert Lovelace)、アナ・ハウ (Anna Howe)、ジョン・ベルフォード (John Belford) の四人である。（なお、'Lovelace' は「ラヴレイス」でなく「ラヴレス」と読む。これはマーク・キンキード＝ウィークス、イアン・ワットやアントニー・カーニィなど多数の研究者の読み方である。一八世紀当時はこのように読んでいた。意味的に 'love-less'「愛の欠如」に通じてくるのはいうまでもない。ついでながら、'Clarissa' のラテン語源は 'clarus'、「清透、透明」である。）

［なお、他の主要な登場人物は、父ジェームズ・ハーロウ (James Harlowe)、母シャーロット・

ハーロウ（Charlotte Harlowe）、兄ジェームズ・ハーロウ（James Harlowe）、姉アラベラ・ハーロウ（Arabella Harlowe）、伯父ジョン・ハーロウ（John Harlowe）、叔父アントニー・ハーロウ（Antony Harlowe）、花婿候補者ロジャー・ソームズ（Roger Solmes）、叔母ハーヴェイ夫人［母の異母妹］（Mrs. Hervey）、その娘ドリー・ハーヴェイ（Dolly Hervey）、ノートン夫人（Mrs. Norton）、従兄弟モーデン大佐（Colonel Morden）、アナの母ハウ夫人（Mrs. Howe）、アナの許婚者ヒックマン氏（Mr. Hickman）、ラヴレスの伯父M卿（Lord M.）、娼館の女将シンクレア夫人（Mrs. Sinclair）］

『クラリッサ』以前の書簡体小説は、パミラと両親のあいだの手紙のやり取りのように、往復書簡、あるいはひとりの書き手の手紙である場合がふつうであったが、この作品ではこの四人がそれぞれ友人同士、クラリッサはアナと、ラヴレスはベルフォードと主にやり取りする。この点もリチャードソンの新工夫である。話は親と子、貴族と成り上がりの地主という階級差など上下意識、力関係が起点になっているが、親友同士はある意味で、圧力や劣等感、従属意識がない水平の関係であるから基本的には腹蔵ないやり取りになる。書簡体小説でのこの設定は非常に効果的であることがわかる。

『クラリッサ』は一五〇〇頁近い（ペンギンの大判で）小説だが、出来事といえば、クラリッサの出奔（あるいはラヴレスの誘拐とも言える）とレイプ（加害者と被害者）の二つの出来事を巡る話である。それぞれの出来事に至る顛末を、事件にかかわる当事者クラリッサとラヴレスがどのように説明するのか、それが興味深い。二人の説明には微妙な違いがある。それはちょうど法廷の弁論に似ていて、一方だけの言い分では不十分で、双方の説明が必要となる。その意味で二人は手紙上で激しく争っている。さらにその弁論を支える友人たちの証言もある。読者はその審判に立ち会っている。『パミラ』ではB氏からの手紙がなくパミラの一方的な主張を読者は聞かされ、それに反発する読者もいたわけだが、『クラリッサ』は一層複雑な構造である。

小説全体で交わされる手紙は五三五通（いくつかの手紙には同封された他の手紙もあるから実際には六一〇数通になる）で、クラリッサとラヴレスの手紙はほぼ同数の一七〇通前後、アナ・ハウとベルフォードの手紙は計一三〇通ほどだから、残り六〇数通は他の者が書いたことになる。このことも小説にポリフォニックな彩りを添えている。

なお、出奔（四月一〇日）前はクラリッサとハーロウ家の話だから、クラリッサの手紙が圧倒的に多い。出奔後はラヴレスの手紙が徐々にクラリッサの手紙を上回って、ロンドンに彼女が事実上監禁され外部との通信が不自由になってからは、ラヴレスの手紙が中心になる。

物語の発端

物語の前半の焦点は最初の数通の書簡で明確に書かれているので、少し詳細になるが書いておく。

話（第一書簡）は一月一〇日付のアナ・ハウからクラリッサへの手紙で始まる。第一書簡とそれに対するクラリッサの返事（第二―四書簡）で問題点は要約されている。冒頭の一節を引用してみよう。

親愛なる友よ、あなたの一家に起こった騒動のことで、わたしとても心配しています。あなたはみんなの噂話の種（the subject of the public talk）にご自分がなっていることで心を痛めているに違いないでしょうが、きっかけはひろく知られていますし、若い女性で、際立って立派な美点（distinguished merits）ゆえにみなさんが気にかけて（the public care）いる方が衆目を集めるのは致し方ないことです。わたしは、ことの一部始終と、ご自分ではどうしようもない、またわたしの知る限り被害者が加害者である不幸な出来事で、あなたがどう扱われたかをぜひとも知りたいです。(39)

いわゆる「家庭小説」――家族間の話が中心――のジャンルの先駆けともいえる『クラリッサ』で、クラリッサは一地方地主の娘にすぎないのだが、「パブリック」(public) が冒頭に二度使われていることは注目すべきである。彼女の私的な問題が公的になること、クラリッサはハーロウ家の一女性という存在を超えていることを予想させる。さらに、すでに衆目を集め、評判の高い「立派な美点」を持つ女性であるとアナは記す。アナはこのような評価を繰り返し書くが、ほかの身近の者も同調して評価する。このような冒頭における読者に対する刷り込みで、リチャードソンがクラリッサというヒロインに負託したテーマは大きい。当時女性は私的領域のみに属すると考えられていたから、彼女の私事の問題がどう公的に発展するのか、それが物語の展開で徐々に明らかになる。物語全体はクラリッサの一八歳から一九歳の間の出来事であるが、この時点ではまだ一八歳である。

さらに、彼女をめぐって事件が起こり、被害者が出たことを知る。引用のすぐあとで怪我をしたのはクラリッサの兄ジェームズで、ラヴレスと決闘したときに腕を刺されたことや、この決闘のきっかけを作ったのはジェームズであること、これが引き金になって起こる今後の成り行きが心配されていることを知る。「あなた（クラリッサ）のいまの試練 (your present trial)」という言い方からクラリッサの試練がこれからも続くことが予想される。この物語はクラリッサの試練の物語である。「みんなの目があなたにお手本 (an example) を期待して注がれているの」(40)。アナは、クラリッサがこれまでの経緯をしっかり説明することで「あなたは正当化 (your justification) される」し、その結果、「あなたの名誉 (your honour) はわたしの名誉となる」と記す。このように第一書簡で、この小説の主なキーワードが明示されている。第一書簡の最後にクラリッサの祖父の遺言書のことがそれとなく追記されているが、この遺言こそハーロウ家をゆさぶる問題を提起している。

クラリッサの書いた第二書簡では、まずその祖父の遺言についてクラリッサの説明がある。祖父はクラリッサをことのほかかわいがり、ほかの兄と姉（ジェームズとアラベラ）を差し置いてクラリッサに自分の地所を遺した。さらに父の兄弟のジョン伯父とアントニー叔父までが同調してクラリッサに遺産を遺そうと動いていた。これらのことが兄姉の嫉妬心をかきたて、家庭内での不協和音がたかまり、クラリッサは孤立していく。クラリッサは物語の最後までこの孤立に悩む。遺産をめぐる家庭内の不和は『クラリッサ』のひとつのテーマである。

つぎにアントニー叔父とラヴレスの伯父M卿との仲立ちで、ラヴレスと姉アラベラの縁談が持ち上がるが破談したこと、「妹（クラリッサ）が姉から（彼を）奪った」('the younger robbed the elder') (41) と噂されていることについて、クラリッサの詳細な説明がある。ラヴレスの資産（年二千ポンドの収入）と伯父M卿からの遺産と貴族の地位の相続なども期待できるからハーロウ家にとって良縁である。

クラリッサのアラベラ描写は辛辣で、これまで縁談話もなかった姉が当初、放蕩者と噂されるラヴレスとの話に舞い上がったと記す。このときクラリッサは祖父の遺した地所の「酪農場」(the dairy-house) に行っていて不在だった。もともとアラベラに気のなかったラヴレスは自分からこの縁談を断ることはせず、巧みにアラベラから断りを言わせている。のちにラヴレスは、この縁談話はそもそもアントニー叔父とM卿が両家の資産増大のために考え出したのだが、「うっかり屋の叔父」(blundering uncle) が「私［ラヴレス］に『神々しい人』(the divinity)［クラリッサ］を紹介する予定になっていたのが、彼女の代わりにつ、ま、ら、な、い、人 (*mere mortal*)［アラベラ］のところへ連れていった」(143) と説明している。

第三書簡（クラリッサ）で、姉とラヴレスの縁談が破談になったにもかかわらずラヴレスはしばしばハーロウ家を訪れ、今度は彼女に正式に求婚したとある。注目すべきはこの手紙でクラリッサはこの縁談をはっきり拒否していない。このことはあとの彼女の出奔と関係してくる。クラリッサは「普通のお客」(a common guest) と「無関心」(indifference)(47) を装うのだが、両家ともに乗り気になる。さらに伯父が、面倒を見ている若者のためにグランドツアー帰り——当時流行した——のラヴレスから情報を得たいと言いだし、クラリッサに彼の手紙の受け取り役を頼んだことからラヴレスとの文通が始まったという。そのような情況で、スコットランドの自分の地所検分のため長期不在の兄ジェームズが大学時代の怨念があったラヴレスとクラリッサの縁談に断固反対の意向を父に伝えてきて、父もそれに同調して雲行きがあやしくなる。

第四書簡（クラリッサ）では、兄は才気煥発なラヴレスと「大学時代から仲が悪い」(That college-begun antipathy)(49) こと、ラヴレスの世間の評判（小作人、使用人などに気遣いをして評判のいいこと、資産を抵当に入れたこともない、借金もしない、女好きだが結婚の意思がない、酒に飲まれることはないなど、毀誉褒貶相半ばしていること）が書かれる。スコットランドから帰ったジェームズは執拗に訪問してくるラヴレスを侮辱し、ついに第一書簡で書かれた決闘となり、兄が負傷し熱を出す。兄の容態を気遣ってラヴレスがハーロウ家を訪問するが門前払いを食わされる。彼はそれを根に持つ。このような状況でクラリッサは彼との一切の手紙の遣り取りを禁じられたが、彼はひそかに手紙を送り、クラリッサの言う通りにするから返事してくれと懇願してくる。クラリッサは、兄よりラヴレスが被害者であることや事態のこれ以上の悪化を望まないから調停役の意味もあって、文通を再開している。ここまでが物語のセッティングとしてある。

物語の展開［出版時期に分けて］

第一、二巻――ハーロウ家内での出来事とロンドン出奔まで

（第一書簡―第九三書簡）［一七四七年一二月出版］

父ジェームズ・ハーロウは痛風持ちのせいもあって気力が乏しく、ハーロウ家の実権を握っているのは兄のジェームズ（同名）である。彼は性急な性格で、かつ独断的な男で、異常なほど資産形成にこだわっている。彼は大学時代にラヴレスから軽くあしらわれたことを根に持ち、彼とクラリッサの話を破談にし、知り合いのソームズ（Solmes）という男をクラリッサと結婚させて一家繁栄を狙った。ソームズは親戚を犠牲にしてまでもして資産を増やした「成り上がり男」(the *upstart man*)(81)だ。彼の所有する地所がクラリッサの祖父の地所と地続きであるため、クラリッサと結婚して子供ができなければ将来的にハーロウ家所有になるという好条件を兄ジェームズに示している。話がまとまればハーロウ家の地所はますます広がる。ハーロウ一族はもともと団結力が強く、兄のこの提案を支持して一斉に動き出す。ソームズは「まともなこともろくに言えない」(He has not the sense to say anything to the purpose)、「自分に欠陥があることも気づかない」(not sensible of his own imperfections)(62)とクラリッサがけなしている男である。アナ・ハ

ウに「（わたしの相手を）誰だと思う？　ほかでもない、ソ、ー、ム、ズ、よ！　信じられる？　しかも、みながそのつもりなの」(58) という。

父は息子ジェームズにすべてを任せているが、家長であることには変わりない。当時のイングランドでは、娘の結婚相手は父が選び、娘はそれにおとなしく従うというのが一般的であった。しかしその慣行に反発して娘が父と対立するという話はさきに紹介したロマンス物でもしばしば描かれている。父ジェームズが家父長の権威を振り回してクラリッサを押さえつけようとする態度はまさにそのような父親の典型といえる。リチャードソンはこの問題も物語のひとつのテーマとして捉えている。高圧的な父（兄も同様だが）は女性蔑視の姿勢も隠さない。「私の言うことに従ってくれ……でなければおまえは私の子ではない」(I will be obeyed… or you are no child of mine) (65) と言って、クラリッサが何を言っても聞く耳を持たない。その話を聞いた友人のアナは、いくら父の権威（原文は'AUTHOROTY'と大文字）だからといって「親だからといってもやることに道理がないとダメではないの？」(should not parents have *reason* for what they do?) (85) と歯に衣着せぬ書き方をする。

一方、ラヴレスはクラリッサからの文通停止の提案や、さらに強引に進められるソームズとの縁談にやけになり、ソームズと直談判して破談させるとまで言い出す。このような膠着状況が三月に入っても続くが、反抗的なクラリッサに業を煮やした父は彼女を自室に軟禁し、家族に会わせない。さらにラヴレスだけでなく、アナとの文通も禁じられる。しかしそれぞれの文通はひそかに続けられる。三月二一日に二週間後に結婚式をすると言い渡されるが、クラリッサは引き延ばしを図る。相談相手として一番頼りにしている従兄弟のモーデン大佐はフィレンツェに滞在中である。最終的に四月一二日挙式と決められる。追い詰められたクラリッサはこの家から逃げるしかないと考え、ラヴレスに相談する。彼はしばらくロンドンに身を隠すことを提案する。四月一〇日夜それを決行するため密会するが、クラリッサは土壇場で思いとどまろうとする。しかしラヴレスは有無をいわせぬ形で彼女を連れ去る。「あなた［アナ］のクラリッサ・ハーロウは男と逃走しました！」(your Clarissa Harlowe is gone off with a man!) (370) ここで初版の第二巻は終わる。物語が始まってから三カ月ほど経過している。なお、次の第三、四巻は五カ月近くあとに出版された。

第三、四巻――ロンドンの娼館

（第九四書簡―第二三二書簡）［一七四八年四月二八日出版］

第三巻はこの出奔劇の経緯を詳細にアナに説明するクラリッサの手紙で始まる。そこでクラリッサはこの出奔を弁明してラヴレスの巧妙な策略にはまってしまった結果であることを強調している。彼女は直後から、早まったことをしてしまったと後悔する。クラリッサが自分の意思で出奔したか、どうかはこの小説の解釈にもかかわることである。彼女自身はのちの手紙で繰り返し、「彼は私をだまして無理やり連れて行った」(985) となかば拉致されたと言っている。アナから、この状況では世間は駆け落ちと見なすだろうから早くラヴレスと結婚しなさい、と言われる。

なお、この「家出」の件についてもう少し補足しておくと、ソームズとの挙式を強引に決められ、追い詰められたクラリッサをラヴレスが拉致したと書いたほうが正確であろう。彼はハーロウ家の召使いジョン・リーマンの助けを借りながら、土壇場になって家出をやめようとしたクラリッサを拉致した。死をまえにして母に書いた手紙でも「あの思慮のない行動はのぼせ上がって、というより、［ラヴレスに］無理強い (compulsion) されてしたこと」(1180) と弁明している。

ロンドンまでの中間点であるセントオルバンズ (St. Albans) に到着、民家に宿を借りて、どこに身を隠すかと思案する一方で、クラリッサは実家との和解も探るが、ハーロウ家の態度は逆に硬化するばかりとなる。仕方なくラヴレスの意見に従って、四月二六日にロンドンへ行く。ラヴレスはこれから滞在する宿をドーヴァー・ストリートの未亡人シンクレアが貸しているところと言う。これは嘘で、ドーヴァー・ストリートにシンクレア（偽名）の経営する宿などない。（ついでながら現在も存在するドーヴァー・ストリートだが当時は新興の高級住宅地で、ロンドンを熟知するラヴレスらしい選択である。逆にロンドンにうといクラリッサはなにも疑わない。）この宿は実はラヴレスがよく使っていた高級娼館で、彼は今回のため、あらかじめ娼館の通り側の部屋の営業を止めさせている。ラヴレスはそこの売春婦（むかしラヴレスと関係があった者たち）に、自分たちは結婚していると言いつくろう。アナの勧めもあってクラリッサはラヴレスと結婚するしかないと思い始める。彼はその意向を示しつつ、一向にその段取りをつけようとしない。ラヴレスはもともと結婚嫌いでその気がないのだ。アナやモーデン大佐の手紙で、クラリッサは彼の本意を疑うようになる。一方ラヴレスも彼に対しはっきりした恋愛感情を示さない彼女にいら立つ。彼は五月末に彼女の自分への思いを試そうと催吐剤を飲み嘔吐する。それを聞いたクラリッサは目に涙を浮かべ同情する。ラヴレスの友人ベルフォードから、あまりクラリッサに試練を与えることはやめるようにとしばしば忠告の手紙が届く。六月七日深夜に召使いの部屋から失火、それに乗じて、クラリッサの部屋へ入り、彼女を抱こうとする。驚愕したクラリッサは翌日この娼館を脱出してハムステッド (Hampstead) のムーア夫人の宿に身を隠す。しかしまもなくラヴレスは彼女の居所を探し出す。

第五巻——ハムステッドへの一時的逃走、再度娼館へ

(第二三二書簡―第二九三書簡)〔第六、七巻一緒に一七四八年一二月八日出版〕

クラリッサはハムステッドの宿に逃げ安堵したのも束の間、そこに老人に変装して侵入したラヴレスが現れ、彼女は驚愕のあまり失神する。ラヴレスは宿の女主人ムーア夫人たちにクラリッサは逃げた妻だと嘘をつく。ラヴレスはこの状況をすべてコントロールしているつもりである。彼はアナの手紙を再三盗み見し、自分に好意的な解釈ができるようにそれを改竄《かいざん》、加筆する。しかし、彼をすっかり信じなくなったクラリッサは仲直りを拒絶し、クラリッサ側の仲介役のトムリンソン(実はラヴレスの友人ベルフォードに雇われている)に、ラヴレスはさまざまな策謀を

めぐらし、変装したり、妻であると嘘をついたりするひどい男であるとはっきり言う。それでもラヴレスは彼の実家もクラリッサとの話に積極的で結婚許可証もまもなく得られるからと執拗に迫ると、クラリッサの気持ちも少し動く。六月一二日、伯父M卿の異母兄弟で未亡人のレディー・ベティーと姪のミス・モンタギューだと名乗る二人の貴婦人（偽者）が現われ、彼女たちを信用したクラリッサはまたシンクレア夫人の娼館に連れ戻される。ラヴレスは結婚許可証を手に入れるが、まだ結婚には迷いがある。同日深夜、催眠剤を飲ませクラリッサを犯す。翌朝それを知ったクラリッサは呆然自失となり、その後落ち込む。自分はもう昔の自分ではないと繰り返す一方で、決してラヴレスと結婚しませんと言う。食事も取らず、服も着替えようとしない。再度逃げようとするが失敗する。一層監視は強化される。二三日夜、ラヴレスは女たちと示し合わせてクラリッサを脅迫し、暴力的に襲おうとする。クラリッサはペンナイフの刃を胸にあて、近づいたら死にます、と言う。「［まえと違って］わたしの意識はしっかりしています、ラヴレス、それにわたしはあなたを心から軽蔑します」(950)。M卿が重篤という報が入りラヴレスはMホールのあるバークシャーに向かう。彼が不在中の二八日朝クラリッサは娼館から脱走する。

第六巻、第七巻——娼館から脱走、スミス宅、そして死

（第二九四書簡—第五三七書簡）

クラリッサはコヴェントガーデン傍のスミス夫妻の小間物店に逃げ込む。これまで外部の者と

の文通はシンクレア夫人の娼館に再度連れ戻されてから実質遮断されていたが、再開され、手紙のやり取りから、トムリンソンという人物は存在しないことや、二人の偽の貴婦人の話など、ラヴレスのさまざまな計略を知る。「こんな悪賢いひとはいません！　こんな途方もない詐欺師はいません！」(1002)。クラリッサに好意的なラヴレスの親戚から再三再四、この状況では結婚することですべてを収めるしかないと言われるが、クラリッサの気持ちはそれからどんどん遠ざかっていく。それなら、レイプされたのだから裁判に訴えなさいと言われるが、「法廷でおおやけに正しいことを認めていただくより……いまの苦しみをうけつづけたほうがいいです」(1019)とクラリッサは拒む。心に重く沈潜している父の呪詛の撤回を実家に何度も求めるが、拒否され続ける。いまごろになって、ソームズとの結婚話をあくまでクラリッサが拒むのなら実家としては破談にするつもりだったと言われる。クラリッサは食欲もなく生きる意欲をなくしていく。

七月一四日、近くの教会から出てきたところを執達吏に逮捕され、彼の家に閉じ込められる。罪状は娼館での宿泊代未払いということで、娼館の女たちがラヴレスやシンクレア夫人に気を利かせたつもりで動いた（イギリスでは一九世紀中ごろまで借金をすると負債者監獄に収監される制度があり、執達吏による逮捕はその前段階である）。伯父の家でこの報を受けたラヴレスは驚愕して友人ベルフォードにクラリッサ救出を頼む。クラリッサは四日後の七月一八日に執達吏の家から解放され、スミス夫妻の家にもどる。わずかな所持金しか持たず逃げたクラリッサは、まわりの者の立て替えの申し出を断る。実家に送金を頼むが拒否されたため、手持ちのドレスなどを売って急場をしのぐ。ベルフォードはラヴレスの友人であるため当初クラリッサから不信の目で見られていたが、徐々に信頼されるようになり、二人の間でこれまでのことが話し合われる。クラリッサはしばしば死や来世のことを口にする。しかしわざと死を招くようなことはしないとクラリッサは言う。食欲がないといって、医者たちの処方に従わないからどんどん体は弱っていく。いまは父母からの最後に祝福だけが願いという。

七月二四日にクラリッサは一九歳になる。彼女は十分な食事も取らず、徐々に衰弱して自身の死が近いことを悟り、ベルフォードを遺言執行者に任命する。この段階でも、実家は世間に顔向けができない恥ずかしいことをしてくれたと、クラリッサを許そうとしない。ラヴレスはM卿や親戚から勘当され、さらにクラリッサの結婚拒否、面会拒絶で自暴自棄になりかかり、海外行きを考える。なお、アナ・ハウは母と婚約者ヒックマンと一緒に、病弱の伯母を見舞うためワイト島に七月三一日から八月二九日まで長期滞在している。

ラヴレスはそれでも執拗にスミス宅を訪れクラリッサに会おうとする。八月下旬、彼はクラリッサから「父の家（my father's house）へ帰るための用意をせっせとしているところです」(1233) との手紙をもらう。ラヴレスは文字通り解釈して、クラリッサと実家との和解が成立すれば万事解決で、結婚できると大喜びするが、実はこれはクラリッサがラヴレスと会うのを避けるための苦肉の策の文面で、「父の家」は天国のこと——「父の家のかわりに天国と読んでください」(1274)——であることがあとで判明する。クラリッサは再度裁判に訴えるよう言われるが断る。ラヴレスは家柄だから有罪になっても恩赦されるでしょう、さらにこれまでのわたしたち（ラヴレスの手紙も含めて）の手紙が一般に公開されれば人々は真実を知るでしょうと言う。姉のアラベラから裁判がいやなら、ほとぼりの冷めるまでアメリカのペンシルベニア——当時まだ植民地だった——に一時身を隠したらと言われる。モーデン大佐が帰国し、ラヴレスの真意を確かめ、クラリッサに彼との結婚を勧めるが断られる。八月三一日、クラリッサは葬儀屋にお棺を注文し、それをベッドのそばに置かせる。ハーロウ家ではクラリッサの健康状態悪化の報を受け、モーデン大佐も加わり家族会議が開かれるが、兄が一家の名誉を汚したとしてクラリッサを許そうとしない、さらに見舞いたいという母の意向にも反対する。その頑なな態度にモーデン大佐は激怒する。ラヴレスはベルフォードからクラリッサの死が近いことを聞くたびに苦悩する。「俺は食べることも飲むことも眠ることもできない。この世がすべていやになる」(1340)。

九月七日午後六時四〇分にクラリッサは死去する。その知らせを受けたラヴレスは狂乱する。死後になってやっとハーロウ家から和解の手紙が届く。葬儀は一四日に近隣の多くの人々も参列して行われるが、クラリッサの両親は悲しみに打ちひしがれて参列できない。クラリッサは希望通り先祖の墓所に葬られる。またクラリッサの意向に従い遺産から「貧者基金」(the Poor's Fund)にかなりの額が寄付される。なお、娼館の主シンクレア夫人が八日、階段を踏み外して骨折後、高熱を出し、壊疽を起こし荒れ狂って二週間後に死亡という挿話がその間に入る。ラヴレスはしばらく落ち込んだ後一〇月上旬イタリアへの旅に出る。モーデン大佐も一一月初め出国するが、クラリッサを悲運に陥れたラヴレスを許すことができず、イタリア北部のトレントで一二月一六日決闘となる。ラヴレスは胸を刺され、翌日死亡する。彼の最後の言葉は「これにて償いとせよ！」(**LET THIS EXPIATE!**)(1488)。

第四章

書簡体小説『クラリッサ』の独自性

さきにも書いたようにアフラ・ベーンやエリザベス・ロウなど女性作家が書簡体による小説を書いているから、リチャードソンが書簡体小説を始めたわけではない。しかし先行の書簡体小説は物語を運ぶ形式として手紙を使っているが、その特性である現在性、日常性、緊迫感といったものが活用されていない。当然、手紙形式が通常要求する宛名、日時、あるいは場所は明示されないことがほとんどである。その意味でもリチャードソンは書簡体小説の新たな地平を示した。

『パミラ』は、若い小間使いの刻々と変わる「現在」の情況を手紙に載せ、主人に迫られ揺れ動くパミラの心理を巧みに描出した。しかし、数通の親からの返信を除いてパミラひとりの手紙に終始する——物語途中から「日記」になっているのは手紙と日記の類縁性を示す——、さらに親が手紙の読み手である意識も希薄である、またパミラひとりからの視点、語りだから、物語は直線的に進行していて、それまでの多くの小説と変わりがない。つまり、『パミラ』は手紙の持つ特性を生かしきっていない。その意味では単調になるし、話も誘惑から身を守る女がその報い（副題が「淑徳の報い」）で玉の輿に乗る、いわゆるシンデレラパターンであるから、至って通俗的である。もっともそれが大ヒットした理由でもある。
その七年後に出版された『クラリッサ』（第一、二巻は一七四七年一二月）はその費やされた歳月以上に『パミラ』とは違う書簡体小説である。リチャードソンはこの小説でさまざまな試み、大胆な実験ともいえることをしている。彼自身の新機軸の説明は、初版から三年後に出された第三版の「あとがき」に書かれている。その箇所を少し長いが引用しておきたい。リチャードソンは自身を「彼」と三人称で書いて、巧妙に彼流の書き方の正当性を訴えている。

何人かのひとは、当事者それぞれの人物によって書かれた手紙で物語を語るのでなく、おもしろおかしい話として語る通常の物語のやり方であったほうがよかったのに、と願っている。本作者はほかの人たちの好みに従うべきではないと考え、好きなように作者独自のものをやろうと考えた。彼は多分物語風の書き方での自分の才能を疑ったのであろう［フィールディングを意識していると推測される］。彼は幸いまえに一度書簡体風で成功していた［『パミラ』の成功を指す］。たくさんのひとが主要であれ、補助的であれ関わっていて、気質や性向もさまざまで、それなりの関連性や明解さで、違った人たちの一連の手紙で、主筋の目的と工夫とは関係ない脱線や挿話［フィールディングやスモレットの小説に多い］の助けを借りないで、進行していく話だから、斬新さ（novelty）がそれの言い訳になると作者は考えた、そして、現代ではそれが少なからず長所になるだろうとも考えた。（第三版第四巻、562）

　実際、多数の書き手による複眼的視点、錯綜し前後する語り、物語の遅滞、苦悩する現在、予見できない未来、手紙の脱落、改竄《かいざん》、編者（エディター）、作者の読解指導など、斬新さについては枚挙のいとまがない。そこでいくつかのテーマに絞って書いてみよう。

「現在」の話

　しばしば指摘されることであるが、手紙は現在、いまを中心として動く。その特色を最大限生かした小説が『クラリッサ』である。『クラリッサ』では冒頭の数通で、ここまで至った過去の経緯が要約するように記されるが、それ以後のクラリッサの手紙はすべて「いま、現在」の書き手の置かれた状況を起点にして直前までに起こったことを書く。直前の出来事の記述にはつねに現在の心境が絡まる。以下に三通の手紙の冒頭をその例として挙げておきたい。

三月四日、土曜、一二時

ハナがたったいま、昨日のあなたの心のこもった物［手紙］をいつもの場所から持ってきました。その内容にわたしはすっかり考え込んでおります、だからわたしのひどく深刻な返信をあなたは受け取ることになるでしょう――わ、た、し、がソームズさんを受け入れるなんて！――絶対だめよ！――そんなことなら……　(104)

土曜、夜

階下に行っておりました。わたしはすることすべてで不幸な目にあうようになっているのだと思います、意図がどんなに立派でも。事態を良くさせる代わりにどんどん悪くさせているようです……　(113)

火曜夕方、そして夜まで続くやれまあ、あなた、わたしは生きています、ここ［実家］にいます！　でもいつまでここにいられるか、生きていられるか、わかりません！　(302)

通常の友人同士の往復書簡と違って、「いま現在」の心境、切迫感が伝わってくる。このような書き出しでクラリッサのほとんどの手紙は始まる。ラヴレスも基本的には同様である。「俺はこの瞬間に書くのが好きだ」(I like to write to the moment) (721) とラヴレスは書いている。つまり『クラリッサ』は現在が連続する小説である。過去はその現在を生み出すのは当然のことだが、通常の小説と比べて過去の比重は限りなく低い。書き手が直前の出来事を書き連ねる場合でも、現在の心境が重ねられるからである。

たとえば、クラリッサは「わたしは書きながら考えると心が鎮まるし、せっかちな気持ちが落ち着くのです」(310) と書いている。なにを書こうかと考えながら書いている。さらに心の中を探るように内省する。『クラリッサ』は心理小説である。自分の情況、周囲への願望を次のように書く。

いまわたしはやや落ち着いています。わたしのまわりの妬み、野望、強烈でわがままな憤りやすべての激しい感情も、たぶん、いまはすっかり鎮まっているでしょう、そしてわたし自身の怒りの感情もこの静かなときに屈して同様に収まるのではないでしょうか？（234）

ハーロウ家内や娼館での長期間の軟禁状態により、クラリッサの手紙は心中告白の要素が強くなる。まずは親友アナに訴えているが、さらにそれは自己点検、心中告白、自己正当化、自己開放の場でもある。手紙をアナに渡せる手立てがない場合は、日記、さらには独白の体になっていくのも自然である。

クラリッサは不安定な現在の情況で未来が見通せない。これは『クラリッサ』だけでなく書簡体小説の特徴である。未来は予測できるが確たることは分からない。表面上は作者リチャードソンも知らないということになる。デフォーなどが書いたそれまでの小説は終わったこと、過去を書く。一人称小説なら、「わたし」が回想しながら書く。ところが書簡体小説は、現在が連なるだけで、未来は分からない。読者もどうなるのか予測できない。そこで次のような一節に出くわすことになる。別の言い方をすれば模索する現在でもある。

わたしはなにをしたらいいのか分からないの、わたしは！――神様お許しください、でもわたしはとてもイライラしています――できれば――でも、なにを願ったらいいのかも分からないのです、罪なくして！――それでも、わたしは神の慈悲にすがることが神の御意にかないますように願っています……　(224)

クラリッサは直前の出来事を書くことが多いが、そのため事態をじっくり考える余裕がなく、未消化な状態で書くことになる。そのときの激しい感情が収まらない状態で書くから、手紙にその気持ちが露わにされる。読者はクラリッサのときにコントロールできない本音を感じる。また不安定な現在、事態の停滞、予測不能な未来がこの揺れ動く心境に影響している。またこのような情況で、クラリッサの手紙の内容が同じテーマの繰り返しが多くなるのも必然であろう。一通の手紙、あるいは同じ日付の手紙がペンギン版で一〇頁を超えることが多くなる。現代風に言えば、それはエクリチュール特有の「書く」という行為がさらに書くことを生む。クラリッサは、さらにラヴレスは書くことによって現在の悩ましい情況から逃れ、浸っているといえる。その長文の手紙を冗長と批判する読者も初版当時から多かったが、そこにこそ『クラリッサ』の最大の特徴があると思う。

それに本当に、あなた、書くことを我慢する術を知らないの。いまほかに仕事とか気晴らしとかないのですから。どうしても書き続けるわ、これを送る当てとてないけれど。自分の身に降りかかることすべて、将来役にたつかも知れないから、考えていることや行うことすべて……わたしがそのときにしようとしたこと、あるいはやったことを書いておけば、その決意なり行為なりはそれに固執しようが撤回しようがわたしの手元に残るわけですし、こう言ってよければ、それが自分自身と契約することになると思いますし、手元にあれば、これから先々後退するのでなくよい方向へ向かうことになるでしょう。(483)

クラリッサにとって書くことは現実を把握する、納得させる、あるいは解釈することでもあることが分かる。

　ラヴレスの手紙もいま、現在が時間の定点である。ラヴレスは「〔手紙を〕書くのが好きな人」(74)とアナ・ハウが書いているくらい手紙好きな男で、「猛烈に書くのが早く」(the readiest and quickest of writers)(74)、さらに「完璧に速記を習得している」(a complete master of shorthand writing)(75)。出奔する前、クラリッサとの密会の約束が守られず、早春の冷え込んだ一晩を森のなかで過ごしたあとの彼女宛ての手紙（第六四書簡）はいかにもラヴレスらしい自己劇化した内容で、ここでも「いま」が中心である。

　「私は今どうなるのでしょう？――この失望をどう支えたらいいのか！――新たな理由もないのに！――片膝を突いて、書いています！――とてもひどい夜露のなかを真夜中さまよったので足の感覚が麻痺してしまった、解けた霜が鬘と服からしたたり落ちています！　今

> やっと夜が明けたばかり――太陽は昇っていない――二度と昇らなければいいのに！――この闇に包まれた者に癒しと慰めをもたらすのでなければ！　(270)

クラリッサやラヴレスは手紙に感嘆符（！）を多用するが、それはクラリッサのイタリックの多用（本書では傍点でその箇所を示した）同様に、心理的要素を視覚的に訴えている。しかしその与える印象は違っていて、迫害を受けるクラリッサと違ってラヴレスはその切迫した情況を楽しんでいるように見える。もくろみ通りロンドンの娼館にクラリッサを連れ込んだあと、思うようにことが運ばないが、それでもラヴレスは次のような書き方をする。

> 俺は大変不幸な男だ。このご婦人はとてもやさしい気性のひとだと言われているし、俺もそう彼女を思っていた。でも俺に対してとても怒りっぽいひとだ。俺は決して意地の悪い若造だと思われたことはなかった。どうしてこうなんだね？　長いことふたりは幸せになるために生まれたと思っていたが、まったく逆なんだ、お互い悩ましあうようになっているみたいだ。
>
> 俺は喜劇を書こう。題も用意した、だから半分できたようなもの。『喧嘩好きの恋人たち』。 (571)

追い詰められ緊迫した情況で書くクラリッサの手紙と違って、ラヴレスの手紙は自身が情況をコントロールしていると思っているし、切羽詰まった気分はないから、遊び心がある。緊迫性のない分、彼の手紙の一部分が要約されることもある。リチャードソンの書簡体小説は編者の意向が存分に入った自在な空間である。

読者にとってこの「現在」は悩ましい問題を突きつけている。話が時間的に前後し揺れるからである。手紙の書き手がひとりなら、時系列で直線的に現在が続くけれど、多数の書き手がいることで、それぞれの書き手の現在に話がもどる。このことによる複眼的視点をもたらす効果は指摘されている。本来手紙は一通ずつが独立しているわけだから不連続だが、異なった書き手の手紙があることでその印象が一層強まる。クラリッサの手紙はたえず他者の手紙で中断される、あるいは断絶されるといってもいい。

またすべての手紙がクロノロジカルに置かれているわけではない。何人かの数通の手紙が日を前後して錯綜して進行していくことがある。クラリッサの手紙は、ときに同じ日に複通の手紙が書かれ時間が遅滞し、焦点が特定の短い時間に集まり、延々と書かれることがある。これをカイロス (kairos) 的時間とジョン・プレストンは規定している。(1) これとは逆になるが、クラリッサの手紙は、初版では第四三書簡、第一二二書簡、第四六八書簡、第四六九書簡が欠落して載っていない。もっとも第一二二書簡を除いて第三版でそれらの手紙が復元（?）されている（第三版第一巻、222）のだが、このような欠落をどのように解釈すればいいのか。リチャードソンの単なる手落ちかもしれないが、手紙相互の連結はそれほど緊密でない証拠と見ることができるだろう。

手紙で会話する

中心となる往復書簡は、クラリッサとアナ、ラヴレスとベルフォードの間で交わされる。クラリッサとラヴレスの手紙はそれぞれ一五〇通を超えるが、アンとベルフォードのそれに対する返信は三分の一の五〇数通である。

アナは性格が開けっぴろげで何でも思ったことを口にする。現実を見据え、世の偏見に満ちた男性を軽蔑し、さらに彼らに従属するような女性を「彼女たちは自分の意思がない」(they have no *will* of their own) (213) と言う。堅固な意思を持っているが余計なことは言わないクラリッサとは性格がずいぶん違うが、二人は、アナが「わたしたちの心はひとつ」(we have but one mind between us) (131) と言うほど仲がいい。ラヴレスと同様に手紙を書くのが大好きな二人である。そして女性同士の手紙の特性をこう記す。

あなたやわたしが書くのが好きなのは不思議ではない。わたしたちはペンを握れるようになった時から文通をいつも楽しんでいる。わたしたちの仕事は家庭内で座ってすることだし、それで、いろいろ毒にもならないことを走り書きし、罪もないからそれを楽しむことができる。人に見られて役に立つとか喜ばれることはないでしょうけれど。(74–75)

ラヴレスのように「乗馬をし、狩りをしたり、旅行をしたり、しばしば遊び場に出入りしたり、好きなことをする」(75) 男性の書く手紙とは違うと言う。女性の手紙は日々の些事を書くとアナは卑下した言い方をしているが、手紙の日常性という特徴を示している。

クラリッサとアナの往復書簡は、その日常的な手紙の遣り取り以上の意味合いがある。孤立感を深めるクラリッサに対してアナの手紙は重要な支えとなっている。クラリッサはアナを必要としている。「もしわたしに何かひどく間違ったことに気づいたら……それを指摘してください」(73) とか、「わたしに何かできるか？――ぜひ教えて、大切なハウさん、自分を信じられないのですから」(231) と不安定な心理状態をさらけ出すクラリッサに対して、アナは励まし、さらに適切な助言をし、あるいはこのような状況に追いやったハーロウ家を批判して、クラリッサからそれは余計なことと言われる。二人の親密な関係は独自のプライベートな空間を作っている。だからクラリッサは「本当にいつも言っていることだけれど、あなたと直接話せないときは、手紙であなたと会話する (in conversing with you—by *letter*) ことほど楽しいことはない」(53) と書く。手紙は日常会話の延長にある。この小説でのアナの役割は重要である。

同様のことはベルフォードにもいえる。彼はラヴレスの親友で放蕩仲間である。女遊びの一方で理性的にものを考える、バランスの取れた男でもあるから、常々ラヴレスのクラリッサの扱いについて忠告し、諫めてもいる。気を許せる友人であるから、ラヴレスもあけすけに書く。さきに彼の速記術のことに言及したが、彼の手紙は多弁である。初版にはないが第三版にリチャードソンはわざわざ追加して「俺［ラヴレス］は日常書簡を書くのが、ほかのどの書き物より好きだ」（第二巻431）とラヴレスの手紙好きを強調した。

　クラリッサの手紙と同様に、ラヴレスの多くの手紙はベルフォード相手に独特のおしゃべりをしている。

　さて俺は柵内に入る［結婚する］ことをペラペラしゃべっている（日常書簡はしゃべることなんだからね (*familiar writing* is but *talking*)、ジャック）からこの点についての俺の意図について君はすぐ訊くだろうね。(915)

物語の後半に「友情の固い約束のもとで書かれた手紙」(letters written under the seal of friendship) だからクラリッサには見せないでくれ (1183) と嘆願しているように、ラヴレスの手紙は他者に見せられる内容の手紙ではない。ラヴレスは受信人に応じて自在に文章を書ける男だが、ベルフォードにははばかることなく本心を書いている。

　しかし、俺が永久に軽蔑する一家の娘、妹、姪を好きというのはいまいましいことじゃないか？　それにちくしょうめ、彼女へのすきな気持ちがつのってくると——どう言おうか？　軽蔑でもない——高慢でもない——わが崇拝する美女の傲慢さでもない——でなくて、俺の

障害は貞節さ(*virtue*)にあるようなんだ。(142)

これが『クラリッサ』で最初のラヴレスの手紙(第三一書簡)である。ラヴレスが友人ベルフォードにほとんど独白するように、本心をさらけ出している。「偽善」や「技巧」など本来他者に隠蔽するような言葉が頻出する。ラヴレスもクラリッサと同様、相手と会話しているが、相手の意見を求めるというより、自分の気持ちを確認するため書いているように見える。初版にはないが、第三版に追加された一節にこうある。

俺は続けた、だからね、俺は前にも何度も彼女に言ったことだが、日常の手紙を書くのがほかのどんな書き物より好きだとね、それは心から書くものだ(流儀や研究で指示される足枷がなくて)、コレスポンデンス(*correspondence*)という言葉そのものが意味しているように。心だけでなく魂までそこに入る。(第二巻、431)[なおOEDによれば、語源的には、'cor' は「ともに、たがいに」という意味で「心」ではないとする]

『クラリッサ』の書き手はそれぞれ個性がはっきり出ていて、その対比が人物間の関係や感情をみごとに映し出している。

このように見てくると、クラリッサの手紙とラヴレスの手紙は対極にある。クラリッサの手紙は自身の立場を明確にして、真摯に綴っている。あるいはそのような姿勢で書いている。クラリッサの本心が見えてくる。一方ラヴレスは、聞き役のベルフォード相手に、一方的にラヴレスが書く、語る。拉致やレイプなど、古今の文学や演劇の同様の話を引き合いに出し、そのヒーローと自分を比較する。つまりラヴレスは自分の役を演じる役者なのだ。書くことも演技の延長にあり、饒舌なのはその役に陶酔しているためである。

必然的に受け手であるアンとベルフォードの返信も内容が違う。アンはクラリッサの告白的な内容や行動報告に対して率直な返信をして、ときに同意し、ときに異論を唱える。彼女がハーロウ家を批判し、出奔後のクラリッサにラヴレスとの結婚を勧め、レイプ後は法に訴えるよう勧めたことでも分かる。アンは自分の意見を書いている。さらに彼女には婚約者ともいえるヒックマンがいて、彼がラヴレスとは対照的な男として語られるのも面白い。

ベルフォードもラヴレスの自己中心的な手紙を引き出すという意味で重要な役目を担っている。さらにクラリッサに対して早くから志操堅固な立派な女性として敬意を示していることや、ラヴレスの異常ともいえる行動を批判して、この小説の一方的なブレを引き戻す役を果たしている。特に物語の後半はベルフォードの重要性が増してくる。

書き手の個性あふれる諧謔性

『クラリッサ』はこの時代の女性が直面する問題を剔抉《てっけつ》した深刻な話であるが、一方で諧謔性にあふれた作品である。個々の手紙の書き手はそれぞれ個性豊かな独自の文体で書き、ときに内面をさらけ出す。さらにクラリッサやアナのように皮肉に満ちた痛烈な批判を男性のみならず同性の者にまで向ける。ラヴレスは女遊びをプレイとして見ているから、手紙の書き方もつねにふざけたオーバーな演劇性が見られる。『クラリッサ』を読み通させる推進力のひとつはこの個性豊かな書き手による視点の多様性と、ときに諧謔性に満ちた文章にある。『パミラ』や他の多くの書簡体小説と違って、この多彩な書き手による手紙によって、長大な『クラリッサ』は興味尽きない魅力を持つ。

さきに若いころのリチャードソンが手紙文の名手であったことを書いたが、『クラリッサ』ではその才能がいかんなく発揮される。小説全体での手紙の書き手は二〇人を超えるが、それぞれの書き手は独自の文体を持ち、語彙も独特である。ハーロウ家の召使いでラヴレスのスパイともなっているジョゼフ・リーマン（Joseph Leman）のように誤字だらけの手紙（第九六書簡）もある。その冒頭部分だけ原文を引用しておきたい。下線部は誤字である。

Sunday morning, April 9

Honnered sir,

I must confesse I am infinnitely obliged to your honner's bounty. But, this last command!—it seems so intricked!—Lord be merciful to me, how have I been led from little stepps to grate stepps!—and iff I should be found out!—but your honner says, you will take me into your honner's sarvise……（385）

クラリッサの手紙は当初自分を信じ、信念を持ち、さらに周囲の観察力も優れた文面であるが、状況が悪化するにつれて苦悩に満ちた内省的なものに変化していく。また、読み手（多くはアナ・ハウ宛）と濃厚な心理的共有空間があることをしめしてもいる。まだ心理的に余裕のある状況で書かれた手紙で、兄ジェームズの策略で親が選んだ候補者ソームズと二人きりになる場面が描かれている。そのまえからクラリッサは彼を徹底的に嫌っていたから、以下のような文面になる。

少し長いが原文を引用してみよう。

> My brother gave himself some airs of insult that I understood well enough, but which Mr Solmes could make nothing of, and at last he arose from his seat—Sister, said he, I have a curiosity to show you. I will fetch it. And away he went, shutting the door close after him.
>
> I saw what all this was for. I arose, the man hemming up for a speech, rising and beginning to set his splay feet (indeed, my dear, the man in all his ways is hateful to me) in an approaching posture—I will save my brother the trouble of bringing to me his curiosity, said I. I curtsied—Your servant, sir—The man cried, Madam, Madam, twice, and looked like a fool—But away I went—to find my brother to save my word—But my brother was gone, indifferent as the

weather was, to walk in the garden with my sister. A plain case that he had left his curiosity with me and designed to show me no other. (88)

　兄は、わたしにはよくわかるのですが、ソームズさんには分かりようがない侮辱するような態度を示しました、そしてついに席から立ちあがり――妹よ、見せたい珍しい物がある。取ってくるよ。そして出ていき、しっかりドアを閉めました。

　何のためか分かりました。わたしは立ち上がり、この男は何か言おうと軽く咳払いし、がに股足で踏んばって立ち上がり（だって、あなた、この男のあらゆる仕草がわたしは不愉快なの）近づいてくるような姿勢になりました――兄が珍しい物を取ってくる手間を省きますわ、とわたしは言いました。わたしはお辞儀をして――失礼します――この人は叫びました、お嬢様、お嬢様、二度も、そして抜け作みたいな顔をしました――でもわたしは出ていきました――余計なことを言わずに兄を見つけようと――でも兄はいませんでした、天気も悪いのに姉と庭歩きをするために。明白なことよ、兄はわたしと珍しい物を残して、見せるつもりのものは別になかったの。

クラリッサはアナへの手紙で、話題によってはこのように一時的に心を解放している。読者はアナとともに珍品、ソームズの滑稽な様を楽しむ。注目すべきは、引用符（“ ”など）が使用されないで会話が記されていることである。リチャードソンは『クラリッサ』で引用符を基本的に使わないのだ。フィールディングなど当時の作家は引用符をつけて書いているから、これはかなり意図的な省略である――もっともロレンス・スターンもその傾向がある。リチャードソンの場合、引用符の省略によって書き手の意識の流れが続いているように読めることだ。それが読者には読みづらいことになることもあるが、逆に地の文も会話部分も間断なく流れていく。

先の引用では兄ジェームズも揶揄の対象になっているが、彼のクラリッサへの手紙も心情がよくわかる文面になっている。兄はクラリッサの筋の通った主張に、辟易している。

> I know there will be no end of your impertinent scribble if I don't write to you. I write therefore: but, without entering into argument with such a conceited and pert preacher and questioner, it is to forbid you to plague me with your quaint nonsense. I know not what wit in a woman is good for, but to make her over-value herself, and despise everybody else. (138)
>
> 俺が書かないとお前のずうずうしい駄文にきりがないのは知っている。だから書く、だが、うぬぼれて生意気なお説教屋、尋問屋と議論しないで、お前のへんてこりんなたわ言で俺を悩ますことを禁じるためである。女にとって知性は自分を過大評価し、他の人をみな軽蔑するくらいしか意味がないと思う。(138)

第五章
反映される時代——遺産相続、家父長制、女性教育

一八世紀初め、大土地所有者は資産形成、拡大のため、つまり経済的理由から結婚を利用していた。貴族と平民である大土地所有者との婚姻も双方がそれによって利するという考えから、しばしば行われた。ハーロウ家の男性にとって資産保持、拡大は最大の関心であったから、その手段として娘の結婚話は利用される。クラリッサと貴族階級のラヴレスの婚姻をハーロウ家の人々が当初望んだのも自然である。あとでこの縁談を知った長男ジェームズがラヴレスとの怨念から二人の縁談に反対したわけだが、父や伯父など男性側は大賛成だったのも当時の土地所有者の思考に乗っているからである。リチャードソンは『クラリッサ』でこの時代背景を極めて意識的に利用している。

貴族や大土地所有者、ジェントリー間の結婚話では、この小説のように当事者の女性の意志に関係なく話は進められていくことも多かった。最初のラヴレスとの縁談話もクラリッサの気持ちを聞くことなく進められたし、ソームズとの話は彼女の意向をまったく無視する形だった。ハーロウ家のケースはやや極端ではあるが、多くの女性もそのような結婚話を社会の仕組みとして仕

方なく受け入れていた。しかし、時代はデイヴィッド・ヒュームなど当時の思想家が中心の課題とした感情、感性の時代――リチャードソンの小説はフィクションのレベルでそれを書いた先駆けとロレンス・ストーンはみている[1]――でもあって、当人の感情、気持ちを重視する傾向は強まり、結婚においても恋愛感情を優先することになる。

ハーロウ家の姿勢は時代の新しい流れと懸隔している。愛情（感情）が結婚問題で考慮されてくるのは一七〇〇年ころからと指摘する歴史家もいる[2]。クラリッサの悲劇は物語中にも言及される聖セシリア（771）やルクレチア（710, 900）などの「迫害される女性」の悲劇で、その意味で歴史的に繰り返される普遍的テーマであるが、一八世紀前半のイギリス社会が生み出した悲劇でもある。マーガレット・アン・ドゥーディはイングランドの深層構造を描き出したと評価している[3]。なお、クリストファー・ヒルはいち早くこのテーマで書いていて、おおいに参考になる[4]。

クラリッサ自身はハーロウ家、一族を運命的に動かしている要因として次の三点を挙げている。「ラヴレスに対する［兄の］憎しみ、一家の強大化、そしてこの大きな動機『父の権威』」（82）。そこでまず「一家の強大化」から考えてみよう。

遺産相続と女性

ハーロウ家が現在の大土地所有者の礎を築いたのはクラリッサの祖父で、彼は中産階級の出だが商売で財をなした。クラリッサの父は貴族出の母と結婚し、彼女の多額の持参金（portion）と彼女の親戚の死による遺産が入ったことで、その地方では有名な地主階級、ジェントリーにまで成長した。クラリッサの父の兄ジョンは自分の所有する土地に鉱物が出てそれで資産を構築した。父の弟アントニーは東インド貿易で財を成した。このあたりにも成長していく当時のイングランドの経済活動の姿が垣間見られる。クラリッサの兄ジェームズは名付け親からスコットランドとイングランド両方で土地を得ることになっている。ハーロウ家は結束力の強い一家であったし、ジェームズは自身が一人息子であるため、独身の伯父、叔父二人の死後その遺産を継ぐはずと考えている (53, 77)。

イングランドでは一八世紀において資産といえば、土地を持つことであったから、成り上がったハーロウ家が土地の所有に執心するのは特異なことではない。当然のことながら代々の土地を有する貴族はそのような成り上がり商人をさげすむ。ラヴレスも同様で、彼は繰り返しハーロウ家が成り上がりであると軽蔑した口調でいう。

みんなハーロウ・プレイス (Harlowe Place) を知っているよ、だって、老人ならみな記憶しているが、ヴェルサイユのように糞の山 (dunghill) から忽然と出てきたからね……　(161)

商人であったダニエル・デフォーは『完璧なイギリス紳士』(*The Complete English Gentleman*) などで、逆に中産階級の立場からその新興勢力、成り上がり者を弁護した。

一方で、土地所有者、ジェントリー階級にも変化が出ている。イングランドでは貴族やジェントリーが国土の三分の二を所有していたが、同じジェントリー階級でも安定した大土地所有者と所有地の少ない中小ジェントリーで区別する必要がある。というのもすでに進行しているエンクロージャー（共有地の囲い込み）でその所有地の大小の差は歴然としてくるからである。従来の共有地（common land）を囲い込み、有効利用して収益を上げる約一割の大土地所有者と、地租（land tax）など増減で悩まされる年収一千ポンド以下のジェントリーもいるからだ。一八世紀中ごろの状況である。

このような状況ですでに大土地所有者に仲間入りしたといってもいいハーロウ家だが、「いまとてもお金持ちなのに」(61) さらに「一家の興隆を願う」(77) とクラリッサが嘆くように、一家の強欲な姿勢は一貫している。ただ、この姿勢も「すでにたくさんの資産を持っている家族が階級や爵位なしでは満足できないでこう考えている」(77) という地主階級の貴族願望が露骨に出ただけの話である。反抗的で巧みな抗弁をするため、二階の部屋に閉じ込められたクラリッサは階下から聞こえる会話の断片からこう推測する。

わが家の人たちは猛烈な勢いで突進しています。このひと「ソームズ」はここに住んでいるのだ、と思います。［わたしでなく］彼らに求婚して、ますます気に入られています。とてもよい条件だ、とてもよい贈与財産だ！　そんなことを大声で！

まあ、あなた、わが家の欠点を嘆かなくて済むならいいのですけど、とっても皆、お金持ちですのに。(61)

このようなハーロウ家の基本姿勢に衝撃を与えたのが祖父の意向である。彼は遺書で彼の遺産の半分が皆の予想と違ってクラリッサに継がれるように指示した。当時土地の遺産に関しては男性の相続人がいないときだけ、女性が相続できるというのが通例だったから、異例のことといえる。さらに結婚すれば妻の財産は夫のものになるというのがこの時代の決まりであったから、クラリッサのもらった財産は結婚相手のものになると考え、ハーロウ家の懸念は一層高まっていく。

一族の実質の主導権を握っている兄ジェームズにとってもこの遺言は想定外である。彼は前々から「祖父や伯父たちを自分の執事であり、娘たち［アラベラとクラリッサ］は一家にとって足手まといで邪魔者」(77) と考えていたから、祖父の遺産は自分が受け継ぐものと考えていた。ところが祖父はお気に入りの孫娘クラリッサにわざわざ限定して遺産を遺したことで、「祖父の遺言は……兄の期待の分枝を切り落としたため、兄はわたしにひどく不満を持った」(77)。

イングランドでは、主に貴族のためであるが、土地の遺産相続に「限嗣相続」(the entail) という規定がある。大土地が相続のたびに分割され、先細りしていくのを防ぐため、長子（男性）が代々の土地を相続するというものである。祖父の土地はその縛りを受けていないが、クラリッサの兄、あるいは当時の男性の意識はその延長上にあり、女性が土地を受け継ぐなど想定していなかったわけである。さらにクラリッサを好きな伯父ジョンや叔父アントニーまでが「わたしをひいきにして祖父の例にならう懸念」(77)、つまりクラリッサに遺産を遺すのではという懸念があり、兄ジェームズや姉アラベラのクラリッサへの反感、不満、嫉妬心はどんどんたかまっていく。

『クラリッサ』には遺産関係の語彙だけでなく、マネー (money) やポンド (pound) と言った金銭にまつわる語が頻出する。イギリス小説の特徴であるが、小説の世界を現実の延長として捉え、さらに現実世界での問題を小説の場に提起する傾向が強い。同時代のフランス小説ではそのような情報がほとんど皆無であるのとは対比的である。クラリッサは、兄の「金銭愛が諸悪の根源」(151) という言い方をしているが、それは社会全体の風潮を批判していると見ることができる。その内容の手紙を受け取った伯父アントニーは返信で、「そんなにお金を軽蔑してはいけない (Don't despise money so much)、あなたもその価値を知ることになるだろう」(157) と書いている。実際、クラリッサは出奔後しばしば金銭面の苦境を口にする羽目になるのは皮肉なことだ。

クラリッサがソームズとの結婚話を拒否したとき、一家が懸念するラヴレスと結婚しないで自分は生涯独身で通すと言ったのは、祖父からの遺産が頼みの綱としてあるからだ。ひとりの女性が独身でいる、クラリッサがしばしば使う「自立する」(independent) という語はクラリッサでなくとも、当時の女性にとって魅力的な響きを持っていたに違いない。女性は結婚するものという固定観念や束縛に縛られていた時代である。クラリッサのように「自立」を口にできる女性は少なかった。

家父長制と結婚——無視される女性の意志

クラリッサが不幸の原因として挙げた二番目の理由、「父の権威」とは、彼女の意向を無視してソームズとの縁談を父や兄が強引にすすめようとしたことを指す。彼らはラヴレスとの話を決定的に打ち切るためにこの縁談を持ち出したが、ラヴレスへの反感も手伝って母を除く一族全員がこの縁談に積極的になる。ここでは家父長的権力と女性の位置が問題になってくる。

ロバート・フィルマーは『家父長権論』(*Patriarcha*)（一六八〇）で、国家をひとつの家族になぞらえて国王を父とする王権神授説を一七世紀に唱えたが、一家の長の力を絶対視する考えはイギリスで長く続いた。父（あるいは長男）が一家をリードする、とくに女性の処遇を決めるという考えである。当然のことながら個々人の権利を重視するジョン・ロックはこの考え方に否定的である。その『統治論二篇』(*Two Treatises of Government*) の第六章「父権について」で、父を尊敬し、敬意を払うことは当然としても、絶対的な服従、恭順を要求することとは区別すべきとした。リチャードソンは家長、父の権威を否定しているわけではないが、ロックの考えにかなりの影響を受けているから、『クラリッサ』はその新旧思想のせめぎ合いの場でもある。さらにクラリッサ自身がその渦中に巻き込まれ、苦悩している。

父はこれまでクラリッサに対して父権をあまり振り回さなかったが、彼女の結婚話を機に一気に娘に絶対的服従を求めるようになる。「父はソームズさんとすべてのことを決めてしまいました」(177)。もともと女性蔑視（「女性に対して思いやる考えを持っていない」(64)）の傾向のある父だから、この縁談に頑ななクラリッサをなかば彼女の部屋に監禁し、同じ家の中にいながら会って話すことはせず、次のような最後通牒の手紙を書いてくる。

不従順で強情なクラリッサよ、
いくら頭を下げてもおまえは動かないのだな。おまえのお母さんには会わさないよ。私も会わない。だが従う心づもりでいなさい。私たちの意向はおまえも承知だ。叔父アントニーとおまえの兄と姉、それからおまえのお気に入りのノートン夫人が叔父の家のチャペルでの内密の式に立ち会う。(190)

家長の意向に背く場合、その子が遺産を拒否されることもしばしばであった。この縁談は兄が言い出したものだが、他の者は思考停止の状態で、「父は、ふつうは専制的なのだが、彼［兄］にはいつも一目置いている」(55) から、ハーロウ家の実権は兄が握っている。クラリッサがこの縁談を断れば、兄はスコットランドの自分の地所に彼女を連れて行くとまで主張した。そんなことになれば「わたし［クラリッサ］は妹というより召使いとして扱われるでしょう」(treated rather as a servant than a sister) (56) とクラリッサは嘆く。

しかし一八世紀に入り大家族意識から家族中心主義が強まってくると結婚に対する考えも変わってくる。歴史的には一族意識は階級が上に行くほど強かったのだが、徐々にそれが衰えて大家族という意識から、それぞれの核家族(nuclear family)化、家庭中心主義に一八世紀には移行していく。個々人の気持ち、感情が重視されるようになり、家父長的な介入が疑問視されるようになる。愛情(感情)が結婚問題に入ってくるようになる。結婚は家と家の問題であると同時に個々人の問題になっていく。一八世紀前半はその流れの過渡期であって、さきに書いた女性作家たちのロマンス物に親の意向に従って結婚した女が不倫したり、それに反抗して別の男に走ったりする筋立てが多いのも、この時代を映している。ハーロウ家は一族意識が強いから、ロレンス・ストーンの指摘にあるように、生まれつつある時代意識とは違う。(5)

古い結婚観に否定的なクラリッサの友人アナ・ハウは「非常に自尊心の強い女性ですら「結婚話で」できることと言えば拒むことだけで、多くの女性はもっと悪い縁談を言われるかもしれないと恐れ、いい加減な話を受け入れている」(515)と総括している。いずれにしてもクラリッサの父(実質父を操っている兄)は娘の意向を聞くという最低限のこともしない。ブリジェット・ヒルは「一八世紀の進行とともに、子どもの心にそまない結婚を強要してはならないという、親に対する圧力も増大した」(6)と書いている。

一方で、クラリッサはこの話が出るまで、親を尊敬し、親子関係を重視してきた。彼女はラヴレスと出奔した後ですら、「子の親に対する義務のほかにも義務があるとあなた［アナ］は言われるけど、それがほかのどの義務にも優先する義務のはずです」(479)という。親子の絆をつねづね主張するクラリッサを見て、ラヴレスは「子の義務、親の権威をこれほど高く考えている娘を知っているかね」(427) と友人ベルフォードに嘆いている。クラリッサはこれまでの一八年間、そのように従順な姿勢で生き、世間からお手本の女性と見られてきた。

クラリさん、と叔父は答えた、これまであなたは何でも自分の意志を通してきた、だからこそこの件［結婚］では親の意向がぐっと重みを増すというわけだ。

わたしの意志ですって！　これまでわたしの意志など何があったか、お聞きしたいですわ、父の意向、叔父さまの、そしてハーロウ伯父の意向以外に？　何でも従って、言う通りにするというのがわたしの自慢だったのではありません？　一度だってお願いしたことありません、まずそれをしていただくことがふさわしいかじっくり考えてでなければ。(304–05)

だからこそ、クラリッサにとって、親の意向に背いた出奔は悔やまれることになる。彼女のこれから死ぬまでのトラウマになる。逆にそこまで追い詰めた父や兄の強権が目立つ。

伯父や伯母にかわいがられ、祖父の一番のお気に入りであったから、遺産の土地を継ぐことになった。祖父はクラリッサの兄や姉には相応に財産が見込めると考え、あえて彼女に遺した。といっても、祖父がクラリッサに遺した土地は全体の半分にもならない (194) のだが、そのことで兄、姉の嫉妬を買うことになり、クラリッサの苦難が始まる。兄姉の物欲、金銭欲は非常に強い。

しかし、クラリッサはそのような欲望はない。祖父から継いだ土地を父と係争するようなことはしたくない(235)、そんなことなら父に譲る(171)とクラリッサはいう。それに対して、アナは絶対手放してはいけないと忠告している(86)。法律用語として、'feme sole' は独身女性、特に土地を所有している独身女性を指し、'feme covert' は結婚して女性の財産も夫のものとして吸収された「覆われた、保護された女性」、「妻」を指す言い方であるが、その意味合いを当時の人々はよく理解していた。

さきにクラリッサは自立したいと繰り返すと書いたが、ラヴレスは、「女は一生のどの年齢においてもどの段階でも［独立するのは］ふさわしくない」(760)と、この時代の男性の意見を代表するようなことを言っている。女性は依存する存在、というのが男性の意識にある。クラリッサがソームズとの結婚を拒否して祖父の土地でひとり暮らしをするといってもそれは受け入れられる話ではない。アナは現実を見据えた女性で、この時代の女性の置かれた状況を直視し、もしクラリッサが土地を手放せば、彼女の自由はなくなると言っているのである。つまり女性の自由意志は経済的自立と連動している。

一般論としては、親が選んだ気に入らない結婚相手を拒否する権利が女性になかったわけではないが、ハーロウ家はそれをも認めない。一家、とくに兄（と父）は常軌外れの行為をしているわけで、クラリッサの受難は加速される。「なぜわたしには拒む自由がないのですか」(221)という彼女の問いかけに、兄の返信は「拒否する自由は、かわいいお嬢さん、あなたにはない」(The liberty of *refusing*, pretty miss, is denied you)(223)とある。

結婚における娘当人の決定権を否定するこのハーロウ家の硬直した姿勢が問題視されているわけが、アナ・ハウの母親も親の意向に娘は従うものという姿勢（「わたし［アナ］が何を言っても「無条件で服従」(*obedience without reserve*) というのが母の決まり文句よ」(132)）を強調しているから、当時のジェントリー階級全体の親の結婚意識が誇張されて書かれていると考えられる。なお、正式な題『クラリッサ、ある令嬢の物語』のあとに、副題として「とくに結婚に関して両親と子供双方の過失 (misconduct) から引き起こされる苦悩を示す」とあるが、親側の「過失」は具体的には彼らの権利濫用が意味されている。子、クラリッサの過失についてはあとで書く。

女子教育、家庭、プライベートな存在の女性

女子教育は一九世紀に入るまでなおざりにされていた。また一九世紀半ばまでオックスフォードやケンブリッジの大学は女性に門戸を閉ざしていたから、女子教育は私塾や家庭内での限定的なものであった。

さきにフェヌロンの『女子教育論』（一六八七）の英訳本をリチャードソンは印刷所開設当時に印刷したと書いた（一五頁）が、リチャードソンのことだからこれに目を通したと推測される。この本はいわゆる良妻賢母をうむための「女子教育」の重要性を説いたフランスで最初の本、いや世界でも初の本であるようだが、[7]この古典の内容は興味深いことに『クラリッサ』でリチャードソンが考えている女性の活動領域、そこから引き出される女子教育論に近い。男女の活動領域

を明確に分け、外で活動する男性と違って女性の働く場は家庭であり、その家事、家政、子の養育が女性の仕事である、ゆえにそれらに役立つような教育を授けるべきだとする。

フェヌロンのすぐあとに、イギリスでもメアリ・アステルが女性の意識改革を目指して活動していた。アステルの書いた教育論『ご婦人方への真剣な提案、彼女たちの真の、そして最大の利益向上のため』（一六九四、九七）（*A Serious Proposal to the Ladies, for the Advancement of Their True and Greatest Interest*）では、「夫が支配し、妻が従う」のが大原則であるとし、さらにフェヌロンと同様に、男女の領分を考慮し、女性の活動の場は家庭にあり、子どもの教育こそ女性の仕事と主張する。一方で、アステルは信心深い女性だったから、神と比して人間がいかに弱いかを踏まえ、理性に耳を貸し、悪習、慣習に流されるなと書いた。無知こそ女性の悪徳であるから自分の時間をつくり自分で考え、「自分（の内面）をみがけ」、女子教育が満足でないのは男性側の怠慢であるとして、その場として修道院（monastery）という名の学校設立を提案した。リチャードソンは彼女と文通もしているから、彼女の考え方を知っていただろう。アステルの考えは当時の女性向けのコンダクトブック（教訓的なことを書いている）で説かれていることに近いが、コンダクトブックはもっと保守的で、女性はおとなしく従順に振る舞い、貞潔にすることを説いた。いずれにしても一七世紀末から女子教育の必要性が認識され始めたわけである。

もともと女性の学習能力は男性より劣るという社会通念もあり、女子教育はないがしろにされていた。当時デームスクール（dame school）という私塾はあったが、女子のための寄宿学校が設立されるのは一八世紀後半、住み込みのガヴァネスが女性の職業として注目されるようになるのはヴィクトリア朝期（一八三七―一九〇一）で、女子教育が本格的になるのは一九世紀に入ってからである。デームスクールでの教育は読み書きや音楽など芸事や刺繡などに限られていた。

女性の財産権と法的地位の欠如、自立できる職の欠如などの状況が必然的に女性を家庭へと向かわせる。つまり結婚することが若い女性の目標になる。好ましい嫁となるためにはある程度の教養、たしなみが必要だから、ジェントリーで余裕のある家庭は家庭教師を置くようになる。クラリッサは多くのジェントリー階級の娘と同じく、ノートン夫人という家庭教師（tutor(ess)）について学び、彼女に「（クラリッサの）判断力や学識の基礎は負う」(1469)。その意味でノートン夫人はクラリッサの人格形成にずいぶん影響を与えている。クラリッサは英語の正字法やイタリア語、フランス語を教わった。さらに「ラテン語は独習を始めていた」(1468)。当時の良家の子女がラテン語を学ぶこと自体は珍しいことではないが、自ら独学しようとするところにもクラリッサらしい積極さが見える。ラテン語はフェヌロンの本でも勉強するよう勧められている。「それは教会のことばだから」(8)とある。しかし、全体としてクラリッサが受けた教育は当時の良家の子女とそう変わらない。

クラリッサの結婚観は、基本的には当時の考えに従っている。家父長に象徴される男性主導の結婚に異論を唱えているわけでない。「女性が結婚するときは、あらゆる自然的正義の実例において、さらに夫の名誉がかかわるかもしれないとき、この世の最高の契約［結婚］は女性に自分の意志を捨て夫のそれに従わせるよう求めます」(653) と、夫が間違っていなければ妻は夫に従うものという姿勢も否定していない。しかし、結婚が女性にこのような従属関係を強いるからこそ、嫌いな男性との結婚を拒否する権利 (221)、夫を選ぶ選択権はなにがなんでも主張しているわけである。クラリッサの父から彼女にその拒否権はないと言われてもなお反抗する。

クラリッサは理想的な結婚相手としてアナの婚約者ヒックマンを例に挙げている。彼には「人間性と優しさ」(humanity and gentleness) (234) があると言う。それゆえ、アナとヒックマンの結婚に諸手をあげて賛成している。クラリッサの感受性重視の姿勢は一貫している。娼館から脱出して逃げ込んだ先の小間物店のスミス夫妻も好例として評価している。この夫婦について、

……かれらはお互いよく理解し合って暮らしています。わたしの考えでは、かれらの心根が正しい (their hearts are right) 証拠です……幸せな結婚は、夫も妻も意固地な、あるいはあらかじめ持っている悪意でお互い相手をとがめだてすることなどない場合です。(1022)

お互いの心根が正しくて、理解し合い、尊敬し合うことが結婚の基本であり、理想だとクラリッサは考えている。

周りから押しつけられている相手ソームズと結婚した場合を念頭に書いた箇所では、ネガティ

ヴな結婚観、夫婦関係が露骨にでている。少し長くなるが引用してみよう。

妻が夫からどう扱われるかの予測は、妻本人でかなり決まってくるでしょう。たぶん、ふだん自分を抑制することなどほとんどしたことのない男性には、従順を約束すると同時にそれを実践しなくてはならないでしょうし、気に入られるように心がけなくてはいけないでしょう。またそれを期待していないような夫がいるでしょうか？　彼女の好ましい愛情の確証を妻になるまえ夫が持っていない場合は、一層そうでしょう。夫がときに理不尽な態度を取ったとしても、自分で選んだ男性に従うほうが、妻もずっと気楽だし楽しいでしょう、結婚を敬遠できるならそうしたかったような夫に対してよりは。そこで思うのです、男性たちが夫婦関係の役割の立案者で、従順を女性がする誓約の一部にしたわけですから、女性はその強要をいかに軽く考えたとしても、この契約の自分の役目から逃れることができるなど、夫に対して、たとえ建て前上でも示すべきでありません。それなら男性は（彼自身が裁定者ですから）、女性が重視しているほかの点も軽視してもいいと、考えかねないです。でも実際、神聖になされた誓約なのですから、どの点もすべて軽んじられないわけです。(182)

ソームズについての話がこの引用のまえにあって、そのような相手と結婚した場合を想定したクラリッサの現実的結婚観と受け取ることもできるが、一八歳の女性の書く内容としては少し屈折している。たぶんリチャードソンの考えが反映されているのだろう。社会生活の規範を決め、リードするのは男性であるという考えで、当時の多くの夫婦関係はこうなっている。ハーロウ家の両親の関係も同様である。これがクラリッサの基本的な考え方もあるだろう。ずいぶん保守的な考えだが、作者リチャードソンの考えが背後にある。クラリッサのラヴレスに対するのちの態度や行動はこのような従順な女性像から逸脱しているように見えるのは興味深い。クラリッサは物語のなかで自立しようとしている。作者の規制からも逃れようとしている。この点は最終章で書く。

資産を持つ一部の恵まれた女性以外は、結婚しか生き延びる策はない。パミラがB氏との身分違いであれ結婚を願うのは自然であるが、それが成就するのは極めてまれである。奉公先の主人に身を任せた女性が不幸な顛末になる事例が当時多数あった。クラリッサのように実家から出奔した女性の行く末の一例はホガースの「娼婦一代記」(*The Harlot's Progress*) の一連の絵が示すとおりである。さらに、未婚女性はときに周囲にはうさんくさい存在で、結婚適齢期を過ぎた女性、'spinster' (old maid) はしばしば偏見の目でみられた。同様の偏見が長く続いたことは『クラリッサ』から半世紀以上たって出たジェイン・オースティンの『エマ』(一八一五) で確認できる。オースティン作品にはそれほど恵まれない状況の女性たちがしばしば出てくる。

クラリッサはソームズとの結婚より独身でいたいと主張できたのは、祖父の遺産を受けるという恵まれた状況だったからだが、その逃避手段となる祖父の土地も兄ジェームズたちの理不尽な主張のまえに崩れそうになる。

> ……そして、わたしが彼ら［兄たち］の願いを聞き入れなければ、祖父の土地をわたしと係争することになると言い、さらに遺産による独立をわたしは活用する意図もなかったのですが、なにが自分にとっていいかわからない娘同然に、父の意向にわたしは従うことになる、とも言うのです。(80)

親と係争するなど、クラリッサの念頭にまったくないから、二の句が継げない。クラリッサは、「両親が正しくなくて子が正しいという事例は、二〇の事例があるとしたら二件くらいのものでしょう」(235)という奇妙な言い方で困惑した気持ちをまぎらして、「わたしの権利を父と係争するくらいなら物乞いをするほうがましです」という。それに追い打ちをかけるように、祖父の「遺言、不動産譲渡証書には瑕疵《かし》がある」(235)とまで言われてしまう。彼女の気持ちが揺れるのを見たアナ・ハウは「絶対に地所の権利は譲らないほうがいい」(587)としばしば助言している。アナはこの時代、この社会の受動的な女性たちから一歩さきに出ている。

レイプは私的なことか

ここで明確になってくるのは、自分の問題をあくまで私的領域、できれば家庭内のこととして収めたいというクラリッサの姿勢である。係争して調停となれば、彼女の個人的な遺産話は一挙に公的になる。物語の後半で、睡眠薬を飲まされ犯されたという話を知ったアナや身近の人々がラヴレスを裁判に訴えたら、とクラリッサに言う。尊師ルウィン博士から「あなたの信仰、家族への義務、自分の名誉への義務、同性への愛からも、この極悪な男を公的に告発する責務がある」(1251) と言われる。その忠告に対しても同様の姿勢で、「衆目にさらされた恥」(public shame) と「個人的な罪」(private guilt) という言い方をしてその反動を恐れ、受け入れようとしない。公的な醜聞に対するクラリッサの恐れは強い。さらに自分にはラヴレスと密会し、数週間同じ屋根の下に住んでいたという非もあると言って、否定的である。最後には極めて消極的な理由を挙げる。

でも訴訟がおもわく通りに運んで、彼に死刑判決が出ても、彼の家族が関与してきて、微罪だからとして、恩赦を得ることもあるのではないでしょうか、自分の名誉を命よりも大事に思っている者にとってそれは大罪ですけれど。(1253)

ただ、これが当時の現実でもある。一例として、この小説の二〇年弱まえに起こった一八世紀を代表するレイプ事件、フランシス・チャータリス裁判（一七三〇）で説明してみよう。チャータリス大佐はギャンブラー、詐欺師で、さらにレイプ王（'Rape Master General' の称号を得ていた）の異名もある評判の悪い男だったが、召使いの女性に訴えられた。当時の状況で、貧しい女性がレイプされたことを訴えること自体極めて珍しいし、かなりハードルの高い話であった。裁判でチャータリスは状況証拠から有罪（レイプ犯は死刑と決まっていた）となったが、のちに恩赦された。恩赦には首相のウォルポールも絡んでいるとされた。一八世紀のイギリスを実質支配していたのは貴族を中心とする地主階級であり、彼らが政治の世界、つまり議会や司法（裁判）など公的な世界の権力を握っていた。また貴族の放縦な生活は黙認される傾向にあった。実際、裁判にかけられたレイプ訴訟の数は少なかったし、有罪判決の出る率も低かった。(9) レイプ犯への恩赦も多かったから、将来貴族議員と目される存在のラヴレスが起こしたレイプ事件がたとえ有罪になっても恩赦されることはありうることである。

これまでみてきたように、クラリッサの意識はあくまで家庭を中心とした私的領域に留まっている。クラリッサとアナ・ハウとの往復書簡には政治や社会的なことは一切出てこない。ラヴレスにとってもそれは好都合で、自身の女性関係はきわめて私的なことで、その枠内でクラリッサの問題を処理しようとしている。

この小説のひとつのポイントは、ラヴレスとクラリッサの私的領域に対する意識の違い、比重の置き方の違いである。それは男女差によるものでもあるが、この時代が生んだ違いであり、階級差による違いでもある。

第六章
感性の時代に生きるクラリッサ

一八世紀は理性の時代と一般にいわれているが、一方で感情、感性の時代でもある。特にその中頃から後半は感性が重視されるようになる。マインド（精神）、理性に重きをおく考えに対して、センシビリティ（感受性）はハート（心）の働きに比重がかかる。個人の感性を重視する、個人の幸せや自由を求める動きが活発になり、それが家、一族の利益を優先する結婚から愛情重視の結婚に移行していることはさきに書いた。

サミュエル・ジョンソンはフィールディングとの比較論で、「（フィールディングの描く）風俗的な登場人物 (characters of manners) はたいへんおもしろいが、それらは（リチャードソンの）人間の心の奥底まで潜って行かなければならない本質をしめす登場人物 (characters of nature) に比べれば、うわべの観察者に簡単に理解できる」[1] とボズウェルに言った。さらに別のところで、「ストーリーを求めてリチャードソンを読んだら、首を吊りたくなるほどいらいらがつのるだろう。彼はセンチメントを読まないといけない (you must read him for the sentiment)、ストーリーはセンチメントを生む機会にすぎない」[2] と『クラリッサ』の読み方を指導した。

ジョンソンのこの名言は『クラリッサ』の重要なテーマのひとつを指摘したわけだが、実はこれはこの時代の精神的関心のありかをいみじくも表したものである。フランスのデニス・ディドロは同様のことを一層強調して、リチャードソンは「(人間の心の)洞窟を英雄的に探検する人 (it is he who carries a torch into the depths of the cave)」と絶賛した。(3) さらにサド侯爵も「人間の心、人間本質の真の迷宮の深い研究」(the profound study of the human heart, that true labyrinth of nature)(4) とほぼ同様の賞賛をしている。苦悩する主人公の心の奥へ、さらに他者との軋轢、共感などの詳細な描写が受けた。

当時、人間の感情の発生や動きの分析、さらに他者との共感、同情など諸感情と道徳との関連はさまざまなレベルで論じられ、それを反映した劇や小説が出ていた。なぜ人々はクラリッサの心の動き、感情の動きにこれほど関心を持ったのか。そのことを、一七世紀末から一八世紀中頃のイギリスの思潮をふり返りながら考えてみよう。

当時道徳感覚派とひとまとめにいわれる思想家が輩出された。第三代シャフツベリー伯爵（アントニー・アシュリー＝クーパー）はその最初のひとで、『人間、作法、意見、時代の諸特徴』(*Characteristicks of Men, Manners, Opinions, Times*)（一七一一）でさまざまな感情 (the emotions) を論じ、個別感情 (sentiments) に道徳判断の根拠があるとした。人間の本質を利己主義的と見た理性論者トマス・ホッブズや私利私欲追求、私悪が公益になるという考えのマンデヴィルとは対比的に、シャフツベリーは性善説をとり、社会全体の中で個々人がどうマッチしていくか、どう他者への気持ちを示すかを重視した。個人的な怒りや恐怖の感情ではなく、社会を中心に置いて発生した感情である。そこから道徳も生まれるとする。シャフツベリーの博愛主義といわれるものである。

彼から影響を受けたスコットランド人フランシス・ハッチソンも善（徳）、悪を認知する「道徳感覚」(moral sense) が心の中にある、ひとは自分のためでなく、他者のために私利を離れて行動する、その動機は慈悲 (benevolence) の精神である、他者がそれを見て評価するのは自然なことであると考えた。同じくスコットランド人のデイヴィッド・ヒュームも「道徳感覚」を理性 (reason) より重視した。ヒュームは世代的にリチャードソンより二〇歳以上若いから、彼の『人性論』(*A Treatise of Human Nature*)（一七三九―四〇）をリチャードソンが読んだかどうか分からないが、多少は知っていたようだ。[5] ヒュームの「共感」(sympathy) の概念、さらに道徳的判断は、同じくスコットランド人でハッチソンの教えを受けたアダム・スミスの『道徳感情論』(*The Theory of Moral Sentiments*)（一七五九）に引き継がれていく。スミスも「共感」を重視し、さまざまな感情の起源を分析し、ひとの悲しみや苦しみに同情し、共感する心は表層的な現象ではなく、その悲哀の原因を知り、そのひとの心情を想像して起こる感情であると書いた。この本はリチャードソンの小説よりあとに出たから、影響関係はないが、この時代の精神を表していることにはかわりない。いずれにしてもこれら思想家の強調した道徳感情がクラリッサにしばしば見られることはあとで書く。[6]

この時代思潮はロマンスが主流であったマイナーな「小説」よりも、当時遊興の中心であった演劇に早速反映している。簡単に触れておくと、一七世紀後半の王政復古時代は、いわゆるウィリアム・ウィチャリーの『田舎の女房』(*The Country Wife*)（一六七五）やウィリアム・コングリーヴの『世の習い』(*The Way of the World*)（一七〇〇）などを代表とする「風習喜劇」(comedy of manners) が流行した。いわゆるストックキャラクターを使って当時の軽佻浮薄な社会を機知に富んだやりとりで風刺する喜劇である。この風習喜劇は一八世紀に入ってもしばらく続いているが、一方で新しい流れの演劇が出てきた。それが「センチメンタル・コメディ」(sentimental comedy) である。一六九六年に上演されたコリー・シバーの『恋の最後の方策、流行の愚か者』(*Love's Last Shift or The Fool in Fashion*) が嚆矢とされ、さらにリチャード・スティールの『気弱な恋人たち』(*The Conscious Lovers*)（一七二二）に引き継がれて一八世紀後半につながる。主人公たちが互いの不幸な巡り合わせから最後は開放され、喜びに涙し、ハピーエンディングで終わるセンチメンタルな話に、観客も共感した。「センチメンタル」という言葉から感傷的なイメージが強いし、実際、舞台上の登場人物同士だけでなく、さらに観客に対しても、その情に訴えることも多いが、さきの思想家たちの指摘するように、人間の共感や同情といった心の琴線に触れている。それは涙で象徴される単純な感傷性を超えた「センチメント」、感情なのである。さらに『恋の最後の方策』の男性側の主人公チャードソンと友人になった俳優兼劇作家である。なお、コリー・シバーはのちにリがラヴレス (Loveless) という名の放蕩者になっているのはおもしろい。『クラリッサ』のラヴレスは'Lovelace'と綴るが、発音は同じである。なお、ニコラス・ロウの悲劇『美しき悔悟者』(*The Fair Penitent*)(一七〇三)は一七世紀前半の劇の翻案だからこのセンチメンタル性とは関係ないのだが、一八世紀中大変人気があってよく上演された。それに出てくるロタリオ(Lothario)は倫理観のない典型的な放蕩者で、ラヴレスのモデルではないかとドクター・ジョンソンやさまざまなひとが指摘した。『クラリッサ』中にもこの劇への言及があるから(1205)、否定できないだろう。

演劇の観客の中心は中産階級であるのもセンチメンタル・コメディを支持する一因である。このセンチメンタル・コメディに触発されるようにして「センチメンタル・ノヴェル」が誕生した。日本語では「感傷小説」と訳されるが、同傾向の小説は"novel of sensibility"(感受性小説)と呼ばれるように、感じやすさ、鋭敏な感覚が重視される小説群である。「感受性小説」のほうがより正確な言い方であると思うが、その代表的な小説が『パミラ』であり、『クラリッサ』も同様の傾向を引き継いでいる。そのことは多くの批評家が指摘している。

『クラリッサ』ではクラリッサに同情し、共感して、多くの登場人物が涙する。また当時の読者も、ヘンリー・フィールディングや妹セアラ・フィールディングなど、これを読んで涙したのである。センチメンタリズムは感傷性が強くなりすぎてしばしば軽蔑的にみられるが、その感性そのものが否定されることはない。ルソーが「『クラリッサ』に匹敵する小説はない」と絶賛し、その影響下で『ジュリまたは新エロイーズ』(一七六一)を書いたが、クラリッサの「心」、そのセンシビリティはロマン主義へとつながっていく。

クラリッサはしばしば「心」(the heart) という言葉を使う。「彼女はいつも理性 (the head) より心を好む」(663) とラヴレスは書いている。クラリッサのいう「心」はさきに書いた人間的な愛、他者への同情と同義であろう。そのような道徳観が社会的な、公的な評価につながり、その評価を得た当人のプライドを生むことになる。自己評価、プライドと社会的評価はつながっている。クラリッサは世間の目を、人々の評価を非常に気にするが、根底にこの考えがある。

「心こそ、わたしたち女性が人生のあらゆる関わりにおいてそのひとの立派な行動の一番頼りになるものとして、相手を選ぶ判断とするもの」(181) とアナ宛で、それが欠如しているかのように見えるラヴレスを念頭に書いている。さらに同じ手紙で、仮の話として、もしラヴレスに代わって「分別と廉潔で度量がある人で……他者の苦難にやさしい気持ちを持つ」ひとなら結婚相手として可能かもと書く。さらに、

……なぜって、心 (the *heart*) こそ、人生のあらゆる関係において当事者のよき行いの最高の保証として、わたしたち女性が選ぶときの判断基準としてあるのですから。(181)

でも、まえにもよく言いましたし、いまもその意見ですが、彼〔ラヴレス〕には心がないない (he wants a *heart*)。(184)

クラリッサのこのラヴレス批判は彼と知り合って間のないときのものだから、それほど根拠があるわけではないが、修辞的には読者の印象に残る。もちろんリチャードソンもそれを狙っている。姉アラベラと激しく口論したあとにも、同様のことを書いている。

……ベラ［アラベラ］は思いやりの心 (a feeling heart) がない、この世で最高の喜びを彼女は持つことができない、その鈍感さでたくさんの悲しみから救われているけれど——でもそのような感受性 (sensibility) につきまとう一〇倍の苦痛より、それがもたらす喜びを手放したくない。(196)

同じ女性でありながら、苦悩している妹にアラベラがまったく同情を示さないことに腹を立てたときのクラリッサの心情であるが、わざわざ「感受性による喜び」と書いていることにも注目したい。『クラリッサ』のハーロウ家は互いの愛情 尊敬、思いやりなどが見られず、逆に不和、対立が顕著な不幸な家庭として描かれている。リチャードソンはそれをことさらに強調している。

クラリッサはポジティヴな人間性を持った、繊細な女性として描かれる。逆に父や兄、姉、伯父たちは感性の働きをできるだけ抑え、人間の物欲、嫉妬、憎悪などマイナスのベクトルを強く持った人物として描かれる。クラリッサの母や伯母は両者のあいだに立って、右往左往する。リチャードソンの人物はまるで現実に生きているようだといわれるゆえんでもある。

クラリッサの感受性、共感、同情心は当時評価された女性の持つ美徳である。その感受性を他者に向ける、仁愛的感情を持つことが徳であるとされる。慈善はキリスト教の三大美徳（信仰、希望、慈善）のひとつであるから、信仰心の強い彼女のキリスト教的精神の表れであるが、さらには人間そのものへの同胞心、他者への同情、共感の延長にそれはある。

第七章

クラリッサの中でせめぎ合う新旧

時代に同調するクラリッサ

物語が始まるころのクラリッサの日常の詳細は、彼女の死後、アナからベルフォード宛の手紙(第五二九書簡)で知ることができる。それによれば、「彼女は家事のやりくりに優れていた(an excellent ECONOMIST and HOUSEWIFE)」(1468)、さらにクラリッサは自身の男女観を次のように言っている。

「男性側のより特有とされる学識を得ようとして、女性の特徴である有益さ(the *useful*)と優美さ(the *elegant*)を怠る女性は、その得たもので賞賛されるより、うち捨てたもので軽蔑されるでしょう」(1468)

女子教育のところで書いたが、男女それぞれに違った学ぶ領域があり、女性は役割としてあてられた家事に関わることを学ぶことを重視すべし、というものである。一七世紀までの社会通念である女性は劣っているから男性に従属するべしという極端な女性蔑視の思考は一八世紀に入るとなくなり、女性にも果たすべき役割があるという流れが生まれたが、家父長制に基づく女性の家庭内への思考はこのように依然続いていた。クラリッサの思考はその枠内にある。

大学教育——当時イングランドにはオックスフォードとケンブリッジしか大学はなかった——は男性にしか門戸が開かれていなかった、またイギリス特有のパブリックスクールが男性の優位意識を一層助長していた。大学出であるクラリッサの兄ジェームズはその典型で、あくまで男性側の理屈を押し通そうとしてクラリッサを苦しめるから、彼女の兄批判はしばしば大学教育にまでその矛先が向かう。兄に面と向かって、

さらに勝手なことを言わせてもらいますが、大学における若い紳士教育の主な目的は、理路整然と論じこと、さらに激しい感情を抑制することでしょう。兄さん、後者について、大学が一方［男性］に教えるより、化粧台がもう一方［女性］に一層教えてくれるなんて、わたしたち二人を知っているひとに思われることがないようお願いします。(137)

理屈ではクラリッサにかなわないジェームズはしばしば激怒することをからかっているのだが、同時にクラリッサはその兄から推察される当時の不毛な大学教育を痛烈に揶揄している。別の手紙では「もし大学の授業の分野にヒューマニティー［ペンギン版の語彙解説には「ラテン文学研究

と教養ある行動の教化」とある（1529）」があっても、兄さんにはそれを習得する才がないでしょうね」（219）ともある。『クラリッサ』では、物語後半に出てくる若い司祭ブランドの手紙が情況に関係なく学識をひけらかす衒学趣味、見当外れな意見を開陳して笑いの対象となっている。作者リチャードソンもこの時代の大学教育を疑問視しているように見える。

クラリッサの人間性を表す特性こそ、のちの彼女の運命を決めるポイントになりそうだ。ノートン夫人の教育もその人間性を養う徳育が重視されている。アナの手紙（第五二九書簡）でも指摘されるが、「謙虚さ」(humility)、「やさしさ」(gentleness)、「思いやり」(generosity)、といった言葉をクラリッサはしばしば口にする。思いやりは彼女が死ぬ間際まで気にし、遺言にも明記されていた貧者への慈善（charity）活動に通じる。豊かなジェントリーや上流階級が慈善活動をするのは一種の義務、「ノブレス・オブリージュ」という考えは古くからイギリスにあり、たとえばジェイン・オースティンの小説にもしばしば出てくる。これはキリスト教の徳義精神の表れであるが、クラリッサもその精神に則って貧者訪問をし、慈善も行っている。その遺言では'MY POOR'（わたしの貧しいひとたち）（1406）とわざわざ大文字で書いて強調し、「貧者基金」(Poor's Fund) を続けるようにした。貧しいひとたちもその恩に報いるように彼女の葬儀に「自発的に参列した」（1406）。

彼女の人道主義、博愛主義はさきに書いた人間性、感受性の重視の時代精神とつながる。これらは女性の持つ豊かな感性が生む感情として見なされていた。クラリッサはヒロインとして理想化されているが、現実に生きる女性の側面として見ることはできる。当時男性は感情より理性を中心の思考をするとされていたから、リチャードソンが『パミラ』や『クラリッサ』で女性中心に物語を進め、女性の感情を重視しているのは興味深い。情操、感情 (sentiment, sensibility) は人間関係の潤滑油として必要と考えられていた。

これらの感性に、節度 (temperance) やキリスト教的美徳 (virtues)、それに礼儀正しさが付け加えれば、クラリッサの生き方の基本的な姿勢が見えてくるだろう。「礼節 (*Propriety*) こそ、自然 (*nature*) に代わる言葉ですが、彼女の法です、それがあらゆる正しい判断の基礎なのですから」(1468)。‘propriety’ はジェイン・オースティンも重視する語のひとつで、リチャードソンとのつながりを指摘することができる。

‘virtue’ という倫理性の強い語は小説全体で三五〇回を超えて使われている。たぶんクラリッサが一番大事にした言葉である。これは『クラリッサ』が当時の社会通念を具現化した一種のコンダクトブックの延長にあることを示すと同時に、宗教的教本であることも示すとも考えられる。作者リチャードソンが目指した目標もそこにあるからだ。宗教的要素は物語後半に顕著になるが、クラリッサに強い信仰心を植えつけたのもノートン夫人である。レイプ後の手紙でノートン夫人は「この世は［来世への］見習い期間 (a state of probation) でしかないのです」(980)、さらに「［神は］この一時的な苦しみに……永遠の喜び (*eternal felicity*) で報いてくださるのではないでしょうか」(991) と書き、クラリッサの揺らぐ気持ちを支えている。

一八世紀では女性の居場所は家庭であったとブリジェット・ヒルは書き、(1) さらにそこから貞操と性道徳に対する見方が生まれたとしている。これは『クラリッサ』の話とかなり重なる。クラリッサの家庭的イメージは強い家族愛によっても示される。彼女と兄や姉との関係は彼らの劣等感、恨み、妬み、利己心から最悪であるが、クラリッサは家族を常に「フレンド」(friends) と気持ちを込めて呼んでいる。「わたしは彼らを親族 (my relations) とは呼べません」(1194)。OEDには、「身内の者」という意味での使用例はあるが、この言い方にこだわるのは、彼女が心のつながりのある友と家族を見ているからである。

両親、特に父親に対するクラリッサの姿勢もこの小説のポイントのひとつになっている。父が専断的態度でソームズを押しつけることにクラリッサは強く反発するが、その家父長的思考を真っ向から否定しているわけではない。彼女は「服従することが義務なら、それに背くことは誤りです、さまざまな事情があるでしょうが。確かに、両親の判断に反対してわたしたちの判断を持ち出すことなど、ほめたことではありません」(434) と、基本的には親の判断に服従することを容認している。クラリッサは子としての「義務」(duty) という言葉を小説中、実に二七〇回以上使っている。さらに「子としての忠誠心」(518) とまで言っている。意に染まないソームズとの結婚話には徹底的に抵抗するクラリッサではあるが、それ以外のことでは親の意向に従うという態度である。

父に背くことはクラリッサ自身にとって許しがたい行為であるから、ソームズとの結婚をあくまで拒否し、そのあげく出奔したことは彼女のトラウマとなっていく。一方で、家父長権のもとに理不尽なことを押しつけた父ジェームズの非も指摘できるだろう。クラリッサは父との会話場面をつぎのようにアナに書いている。

わたしのパパは、ご存じのように、（兄も同様ですけど）わたしたち女性にやさしい考えを持っていません、ママ以上に腰の低い妻もいませんのに。

わたしは義務があると主張しようとしましたら――申し立てなどするな、女のくせに！――なにも言うな――ぺちゃくちゃ言われたくない！――従ってもらうのだ！――わたしに子供はいない――おとなしく従う子以外の子など持たない。(65)

クラリッサの嘆願に一切耳を貸さず、彼女を追い詰めた父が批判されるのも当然である。父こそこの悲劇の原因であるとウィリアム・パークは指摘する。(2)

ここまで書いたことでもわかるようにクラリッサはこの時代、社会の通念に従って生きている。「義務」や「美徳」という言葉に縛られている。「子としての義務」をこれほど意識し、それに反したことを強烈に悔やんでいる。クラリッサは時代の子である。

時代にあらがうクラリッサ

第一書簡のアナの手紙でクラリッサは「みなの噂」とか「みなが心配している」と書かれていることをさきに紹介したが、兄ジェームズとラヴレスの決闘事件以前のクラリッサは次のようであった。

……［あなたは］することがとてもしっかり一貫していて、あなたの口癖だったけど、人生を最後までそっと目立たずに過ごす、さらにわたしが付け加えるなら、慈善も黙ってやって気づかれないでいたい……目立つより役に立ちたい、それがあなたにふさわしいモットー。(39–40)

「目立たずに過ごし……目立つより役に立ちたい」という賢明で、信念のある女性だが、ハーロウ家や親戚からは「性格はおとなしい」(a meekness in my temper) (65) と見られ、彼らはそれを頼りにし、さらにはそれに付け込んできた。クラリッサが拒否しない女性と考えているからである。実際ソームズとの結婚話を言われるまでのクラリッサは言われるとおりにしてきた。

その一方で、アナに、「もう二度とわたしのことをおとなしいとか、やさしいとか、言わないで」(226) とも書き、結婚しないで独立するとか、自由とかをしばしば口にするようになる。当時結婚しないで自立することができる女性はきわめて少なかったから、祖父の遺産相続により独立できる立場にあるクラリッサは恵まれてはいる。「わたしは自分の自由と独立をとても大事にしていますから……あんな手に負えない男のためにそれらを捨てることはしません」(290) と、ソームズ拒否の気持ちからではあるが過激な言い方になる。この結婚の件以外では、「親の判断を優先的に」(434) と言っているから、保守的な面があると同時に、個々人の意志を尊重してほしいという気持ちである。

なぜ自分の幸せがかかわる結婚に自分の意志が無視されるのか、という根本的な疑問に加えて、事なかれ主義で父に忍従してひとの意見に「おとなしく委ねている姿 (meekness and resignedness to the wills of others)」(105) の母を見て、結婚そのものに否定的になっている。

　結婚は大変神聖な取り決めですが……知らない男に身を委ね、知らない家族のもとへ移動させられ、彼のまったくの依存した所有物 (his absolute and dependent property) になる印として、自分の本来の名前［苗字］を捨てる。(148)

当時の結婚と女性の地位を明確にした発言で、一八歳の女性の意見としてはきわめてラディカルなものだ。「結婚の状態は奴隷の身とまではいかなくとも、せいぜい下位の身分になることですから、その気は少しもありません」と言うデフォーの『ロクサナ』の主人公の意見に通底する。小説はこのように時代の社会の通念に反抗する手段でもある。

その上で、幽閉され追い込まれたクラリッサの主張は「(結婚話で)なぜ当事者の女性に拒否権がないのか」という点に絞られる。もともと「自分の将来の幸せを兄の野心のために捧げるべきでない」(105)と思っているから、兄の、さらに一家の理不尽さに怒りがつのるのも自然である。このときに初めてクラリッサは「拒否する自由」(221)を主張する。「自分のいまの、そして将来の幸せに関すること[結婚]でどんな自由意志ももつことが許されない」(304)ことの理不尽さを伯父に訴えている。もともと従順な女性と周りから見られていたが、自分の信念を貫くクラリッサだったから、ハーロウ家一族との対立が鮮明になる。彼らにとって結婚は当事者だけの問題ではなく、経済的な話なのである。アナはそれを、あなたは「よそ者」(an alien)で「彼らの一員ではない」(237)と指摘する。「よそ者」とは言い得て妙だが、一家にとってクラリッサは理解不能な存在なのだ。

クラリッサはジョン伯父を含めた一家全員の結束した意向のまえにだんだん追い詰められていく。クラリッサが一方的に圧力を受けているように見えるのだが、実際は逆だと伯父は言う。個々人がクラリッサに会うと巧妙な弁舌で言い分を真に受けてしまうから、そうならないように個別に会うのをやめ、協力しあっているのだと言う。

……あなたの目つきや言葉遣いには太刀打ちできない。私たちの愛情の強さこそがあなたに会うのを拒否しているのだ……

しかしあなたが才能を見せびらかし、誰も容赦しないで自分の気持ちを変えず、みなの気持ちを動かしてきたから、われわれもただひたすらますます緊密にしっかり一体となるしかない。これは前に防御態勢密集方陣 (embattled phalanx) に私がなぞらえた姿勢だ。(253)

伯父は、クラリッサは初対面の人に「あなたの心のやさしさや態度」(253) からすぐ「レディー」(lady) と思わせると言い、彼女の表情、言葉による訴えは、それを直接聞く者を動揺させると言う。それを防ぐため彼女は自室に幽閉される。軍事作戦用語の「防御態勢密集方陣」という奇妙な言い回しは読者に滑稽感すら与えるが、「あなたの顔つきや言葉に立ち向かうことなぞできない」(253) というのだ。孤立した状況でクラリッサは説明の機会も奪われている。

クラリッサがあるとき「理論に優れることと、実践に優れることはふつう別の才能が必要で、その両方が同じひとにあるとは必ずしも限らない」と言ったことを引き合いに出して、アナは「[あなたは] ほとんどすべてのことで賞賛に値するほど理論と実践が同じだから、ご自分にその意見をあててみたらいい」(211) といみじくも言っている。理論と実践が同じというのが、クラリッサの生き方である。自分の感性を信じ、道義に従って行動するというのがクラリッサの一生の生き方である。彼女はアナにこう書いている。

それで、あなた、もしわたしたちが完璧であれば、誰もそうなれないけれど、わたしたちはこの世ではしあわせになれないでしょう、わたしたちがかかわる相手のひとたち（特にわたしたちを支配しているひとたち）が同じ信条で支配されているのでなければ。だからわたしたちがやることは、さきにちらっと言ったけど、正しいことを選択して、それをしっかり追い続け、あとの結果は神の摂理にまかせるしかないでしょう。（106）

「正しいと思ったときは……まげない（inflexible）」（216）で、父や家族と対立しても言い続ける姿勢をクラリッサやアナは貫いている。父を早くに亡くし母と暮らしているアナは、その母にはっきり自分の意見を述べ、口論もする。黙従することが美徳とされるなかで、彼女たちの発言は開放感を与えるし、そこに新しい女性の登場を感じることができる。

クラリッサは自分の理論を信じ、言葉の力を信じ、孤立無援で戦っている。テリー・キャッスルは「ハーロウ家やラヴレスの父権構造のディスコースのまえには、クラリッサの話は無力である」[3]と書いている。家出の二週間前、万策尽きた状況でのアナへの手紙は、

……わたしはどうにでもなれという気だったので、ラヴレスさんの手紙を開けようかためらっています、いまの気分だとなにをしでかすかわかりません、手紙に異議を挟むこともなさそうだと判断して、そのあとそれで一生後悔するようなことを！（257）

この苦境からの脱出を助けましょうというラヴレスからの誘惑の手紙のまえに、クラリッサは追い詰められ、思考停止状態になっている。

一方、その経緯をしらない家族や部外者がクラリッサを駆け落ち出奔したとみるのは自然なことで、姉のアラベラは家出直後の四月一五日の手紙（第一四七書簡中）(509–10) で、「恥ずべき駆け落ち」(shameful elopement) と書いた。ラヴレスもこの「駆け落ち」という言い方を使っている。なお、書簡集で有名なレディー・メアリ・ウォートリ・モンタギューは自身も若い頃親の意向を無視して駆け落ちした女性だから、クラリッサの受難物語に涙したということだが、「結婚するつもりもなく男と逃げる女は監獄にぶち込むべし」と、クラリッサのこの行動に関しては手厳しい。(4)

いずれにしても、出奔はクラリッサのこれまでの行動規範から明らかに逸脱した行為である。親への不服従、親に対する反逆である。子の義務の放棄である。トム・キーマーは、出奔することはこの時代、重大な過失だったと書いている。(5) その選択の重大さを予感しながら、彼女にはこの手立てしかないように見える。のちにクラリッサは「わたしは軽率な、弁解できない行為をしたとはっきり思います」(370) と書いている。副題にある、子としての「過失」に該当するだろう。

さまざまな制約のなかで生きるこの時代の女性にとって、言葉は自分の意思を示す道具であり、身を守る武器である。しかし、アナの目からみると当時の女性はきわめて受動的である。アナは結婚後の女性の姿勢をこう批判している。

……さんざんどやしつけられすっかり陰気になって、あげくは自分たちの意志は何もない女性たちの行動ですけど、（だってあなたやわたしはそんなひとより、ものが分かっているから）……多くの女性は結婚すると単なる赤ん坊です、甘やかされ、おだてられるといこじな愚か者になり、きびしく扱われるとこびへつらう奴隷になる、としばしば思います。でも、愛情より怖気からわたしたちはやさしい世話係りになっている、だなんて、言わせていいのかしら、――名誉だ、なんてとんでもない！　感謝の念だ、とんでもない！　道理だ、とんでもない！　良識ある女性ならそんなこと言われる機会をあたえるなどまっぴらです！（212–13）

注目すべきことに、第三版ではさらにこの引用のまえに、クラリッサの母が結婚前は父と同じくらい明るい元気なひとだったのに「夫以外の意志を持たない妻」（第一巻、248）になった、とアナのハーロウ家への痛烈な皮肉の一節が追加されている。ひたすら黙って忍従する母を見て、クラリッサは結婚に幻想を抱かなくなっていく。といってもアナの母も彼女の父親の選択した男と結婚してそれほど幸せではなかったとアナ自身の手紙にある（330）から、他家の批判は自身のことにもはね返る。要するにこの時代の結婚の有り様を推測できる仕組みである。

第八章

クラリッサの部屋

　これまで見てきたように、クラリッサはこの時代に生きる女性が受けるさまざまな抑圧や障害に苦しみながら、それでも自分のアイデンティティ、つまり彼女本来の姿を失うまいと、それに抵抗している。「次から次へと降りかかる試練(trial upon trial)」(87) は一女性に課された負荷としては重すぎて、その運命的な状況から逃れることはできないようでもある。実際、しばしばルクレチアや聖セシリアなどの名を出して、「迫害される処女」のイメージ——マリオ・プラーツが『ロマン主義的苦悩』の第三章で詳述する「不幸な、迫害される乙女」(The unfortunate, persecuted maiden)(1)——を読者に植えつけている。そこでこの章では、小説における空間、時間の面からクラリッサの心理の動き、その内向性について見ていく。

クラリッサの自室

　ハーロウ家の男たちが良縁として推奨するソームズとの話を拒絶したクラリッサは、物語が一〇分の一に達しない段階で兄ジェームズに、家のどの部屋への出入りを禁じられ、二階の「自分の部屋に引きこもるように」(121) と命じられて、軟禁状態に置かれる。この状態が出奔するまで続く。食事も自室でとらされるという徹底ぶりで、クラリッサは「哀れな囚人 (poor prisoner)」(122) になったと嘆く。母たちが説得するために彼女の部屋に来ることはあっても、クラリッサが階下に行くことは許されない。この物理的な「囚われの身」という状況は物語の終盤まで続き、精神的な閉塞感と絡まることはあとで触れる。もっとも大地主の娘だから自分の部屋、ヴァージニア・ウルフ流に言えば「自分だけの部屋」があり、その点は恵まれているし、救われている。つけ加えれば大きな家だから姉やクラリッサ専用の接客室 (parlour) (309) もある。

一家はさらに圧力も加えて、信仰心の篤いクラリッサの日曜教会礼拝の参列まで拒否する。二重、三重の精神的苦痛を味わうことになる。なお、クラリッサが室外に出られるのは裏の階段を通して庭を散策のときだけになる。外部との文通も禁じられるようになるが、この庭から外部へ通じる場所に互いの手紙を置いて交換するところを作り、これがアナやラヴレスとの文通を可能とさせている。

それまでクラリッサにとってわが家は愛情を相互に分かち合う場であり、実際皆から愛される存在でもあった。小説の後半で皆から見放された状態になっても、彼女が心のよりどころとして家族を見て、「親族」でなく「フレンド」と呼ぶことにこだわっていたことはまえに書いた。しかし横暴な兄によって隔離され、孤立させられる。父や兄の姿勢はロレンス・ストーンの指摘する愛情（友愛）を中心とした家族主義が増加しつつあった時代の流れに逆行している。そのような父の一方的な支配に抵抗せず受動的な母の態度をクラリッサは批判的に書いているが、これが当時の女性の置かれた情況である。

縁談話でのハーロウ家とクラリッサの対立から、事態はこの異常な状況へと発展する。同じ屋根の下にいながら、直接対面での会話を避け、手紙で話すことになる。リチャードソンの書簡体小説はそれぞれの情況を巧みに利用する。親友のアナに手紙を書くのは、苦境を知ってもらい助言を得る、さらに心境を吐露することで、クラリッサ自身の心の慰めや自省の機会にもなるが、本来書かなくてもいい家族や親族への手紙はもっと深刻である。これまでクラリッサが直接会って訴え、説得しようとしてできなかったことを手紙で、ということになる。

クラリッサは最後の主張として、それなら生涯結婚しないで独身でいると言う。「独立、自立」(independence) という言葉が双方から飛び交う。クラリッサが自立できるのは譲られた祖父の遺産を頼りにしてのことであるが、すべての資産をまとめ、さらにソームズの資産も期待するハーロウ家だから、クラリッサのそのような希望を受け入れない。さらにクラリッサ自身が、父の意向を汲んで、すでにその土地の管理を父に委ねている情況である。親友のアナはそれを取り戻せば (resume)(211) いいと盛んに勧めるけれど、クラリッサにはその選択はできない。というわけで、働く職もないこの時代で、クラリッサの自立の希望は現実的ではない。しかも式の日取りまで決めて追い詰める一家に八方ふさがりの状態にクラリッサは置かれる。

クラリッサはこの自室に閉じ込められた情況を罠にかかった鳥になぞらえている。

このように、あなた、兄はわたしを彼の罠に陥れ、かわいそうな愚かな鳥のように、わたしはもがけばもがくほど一層絡まっていくのです。(119)

『クラリッサ』全篇に女性を籠のなかの鳥とするイメージが横溢している。アナは当時の女性の姿を「甘い言葉で騙され、引っ張られ、籠絡され、鳥のように囚われの身となるか、ひどい隷属状態に引き込まれる」(133)と表現している。

ソームズとの結婚を承諾しない限り自室に押し込められた状態は極端な例であるが、この時代の家父長制の残る家では強いられた結婚話として起こりうることであっただろう。クラリッサは時代のシンボリックな存在である。

高級娼館の一室は鳥籠か、砦か

ラヴレスと共にロンドンの娼館に滞在する期間は四月二六日から六月二八日まで二ヶ月に及ぶ。途中ハムステッドへの四日間の脱走を除いて、この間クラリッサは軟禁状態に置かれる。彼女はロンドンのこともよく知らないし、有名な遊興地ヴォクソールなど関心がない。そのような世事に疎いクラリッサだから、アナの指摘があるまでのしばらくの間、滞在する宿が娼館と知らなかった。娼館内部を動くことは自由だが、そこから出ることはラヴレスの許可がいる。しばしばその禁足を無視してクラリッサは教会に行くことや、ラヴレスが観劇に連れて行くこともあるが、それ以外では原則外出できない。このように自宅での軟禁同様のことが繰り返される。その意味ではラヴレスもハーロウ家と同じく、理不尽な圧力をかけている。

アナに手紙を書くことも当初は自由であるが徐々にラヴレスの監視が強まり、五月下旬からはそれすらままならない状況になっていく。ラヴレスは彼女たちの手紙をインターセプトし、改竄《かいざん》し、さらに筆跡をまねて偽造したりして、自由な手紙の交換をできなくさせる。結果として読者はラヴレスの手紙で物語の進行を読むことになる。つまり、ロンドンに連れて来られてからは、ラヴレスの視点からの物語、バージョンを中心に読者は読むことになる。

ラヴレスは女性を獲物の捕獲と同じくゲーム感覚で追いかけている――「俺たちは子供のときは鳥で始め、大人になると女性たちに移る」(557)――が、娼館という自分のゾーンに押し込めた、掌中にクラリッサを収めたこの情況をラヴレスは鳥のイメージで説明している。先のクラリッサやアナの認識と重なっておもしろい。

君は捕えられた鳥が徐々に新しい情況に耐えていくのを興味深く観察したことはないかね？　最初は食べることも拒んで、羽をばたつかせワイヤーで傷つき、色鮮やかな羽をあちこち飛び散らせ、頑丈な鳥籠一面を覆うまでにさせる……あげくはどんなことをしても無駄だと知りくたびれきってしまうと……籠の底に身を横たえあえぐ……で、数日後には逃げようとじたばたするのもやめ、そんなことをやってもどうにもならないと分かったから、その新しい住みかになじみ、あちこちの止まり木に飛び移り、いつもの陽気な感じを取り戻す……
さて言っておくけど、一羽の鳥がついばむこともせず、捕まって籠に入れられた悲しみ、死んだこともあった――でもそんな愚かな女性に会ったことがない。(557)

飼い鳥と同様、女性も最初は抵抗するがそのうち受け入れるという。ラヴレスはこれまでの経験上、クラリッサもいずれそうなると読む。しかし、この引用の後段で餌も取らず死んだ鳥がいた、と書いているのは注目すべきことで、レイプ後のクラリッサの運命を暗示する。『クラリッサ』にはこのようにあらかじめ先に起こることを予知すること、いわゆる「プロレプシス」(prolepsis)がしばしば使用される。物語の初めに、アナが冷やかして「わたしはあなたより現世向き、あなたはわたしより来世向き」(69)と言うのもその例である。リチャードソンは大変策略に富んだ作家である。

娼館でのクラリッサの部屋は、見方を変えるとラヴレスの攻撃から身を守る唯一の砦でもある。例のボヤ騒ぎで慌てて部屋から出てきたクラリッサの下着姿に欲情にかられたラヴレスを見てクラリッサがハサミを胸に当てた場面のあと、それでもあきらめきれないラヴレスが再度クラリッサの部屋をノックするが「ドアはピタッと閉まっていた」(727)とある。凌辱の意図を見抜きペンナイフを胸に突きあてた件のあとも数日間クラリッサは部屋から出ようとしない。ここでもラヴレスは同じ屋根の下にいながらハーロウ家のひとたちと同様に手紙でクラリッサを説得しようとする。「繰り返し」は『クラリッサ』の特徴である。

このように囚われ状態、軟禁状態が続くことでクラリッサは必然的に内向的にならざるを得なくなる。精神性をよすがとして生きるしかなくなっていく。クラリッサは肉体を捨てていく。

第九章 クラリッサとラヴレス――愛と性

クラリッサとラヴレスの愛情関係を見るまえにラヴレスについて少し説明しておきたい。彼のモデルとして放蕩で有名な詩人ロチェスター伯（ジョン・ウィルモット）やその著作出版にリチャードソンが関係したウォートン公が挙げられているように、当時の典型的放蕩者と見ることもできるが、さまざまな要素が彼の人物造形には関わっていると考えると分かりやすい。

たとえば、ミルトンの『失楽園』のサタン (the Satan) との関係を指摘されるほど、彼の悪事追求は執拗で執念深い。さまざまな策を弄してクラリッサやハーロウ家を翻弄する。さきに書いたように、第三版ではワイト島の親戚を訪れるアナ・ハウたちを拉致しようとして捕まり、裁判に掛けられるエピソードまで追加しているが、それらの悪事を楽しんでいる。クラリッサが彼を悪魔呼ばわりするのもそのコンテクストを思い浮かべれば自然である。さらに一層の関連性はさきに書いたようにニコラス・ロウの『美しき悔悟者』のロタリオとの共通性などから演劇、特に王政復古演劇の主人公の延長にあるということも言われている。友人であったコリー・シバーの劇『恋の最後の方策』の主人公がラヴレスであることはさきに書いた。

実際、ラヴレスの言動には演劇的な面が大きい。変装は自在だし、声色を変えてしゃべることもやる。舞台の役者のように演技力たっぷりな自身の身振りを手紙に書く。たとえば、クラリッサの逃走先ハムステッドの宿の女主人たちをまえにして、逃げられた妻（と称している）の哀れな男の役では、

それで取り出したね、ハンカチを、そしてそれを目に当てて、立ち上がり窓際まで歩き――女より弱々しく見せるね！――私は自分の妻をこれ以上愛せないほど愛していたのですよ（本当にそうだろう、ジャック）――

それからまた立ち止まって、続けた――魅力的な人ですよね、ご覧のように、彼女の顔を見なければよかったと思うのですよ！――失礼、奥様方、部屋を横切りながら。そしてたぶん赤くなるほど目をこすってから、女性たちに向き直った。(786)

ラヴレスの手紙にはつねに喜劇的な、コミカルなところがあるが、それは彼が自己劇化してオーバーに演じ、それに自身が興じているためである。彼が女性を籠絡することもそのゲーム感覚の延長としてある。クラリッサの高慢とも、硬直しているともとれる姿勢に対して、ラヴレスの遊び心ある姿勢に読者が惹きつけられるゆえんである。

一方でラヴレスは一八世紀前半の男性の持つ女性蔑視の考えを具現化している。ベルフォード

相手ということで勝手気ままに書いている面もあるが、ラヴレスの一側面である。彼は巧妙に言葉を操るが、相手の気持ちを理解しようとしないし、たぶんできない。真摯に相手の立場に向き合わない。また、ラヴレスは貴族の出としての自負から中産階級を軽蔑している。貴族の若者の典型的な姿勢である。『クラリッサ』は貴族対中産階級の構図でもある。その偏見が成り上がりのハーロウ家をあからさまに蔑視する言辞として出るから、家族思いのクラリッサを反発させる。一方彼自身もそのことでクラリッサへの思いは一層複雑になっている。さらに彼は伯父のあとを継いで国会議員となることが約束されている。公人としての活躍が期待されている。

このようにラヴレスはいくつかの世俗的要素に演劇的、悪魔的要素が重ね合わされた人物になっているから、クラリッサとは対照的である。

愛憎に満ちた同棲

実家から四月一〇日に家出したあと、クラリッサはラヴレスの巧妙な策略に操られ、彼から逃げられなくなる。小説全体の三分の一の分量になるが、二人は同じ屋根の下で過ごし、実家や世間の目からはクラリッサの合意のもと同棲していると見なされる状態が続く。ふつうなら男女の恋愛話となりそうだが、この期間、二人は激しい愛憎のなかで過ごすことになる。世間体を気にするクラリッサにとってはラヴレスと狭い空間で対峙する苦悩の日々となる。一対一の場が多くなり、愛や性の問題が絡まってくるから、それまで結婚問題で家族に示した姿とは違ってくる。

絶え間ない試練に耐える彼女の志操の堅固さは一層際立ち、彼女の性意識が明確になってくる。

もともと「俺を彼女に引きつけたのは彼女の性格だったし、また俺をとりこにしてしまったのは美しさと良識だった」(428)と、当初は単にクラリッサの美しさだけでなく、人間性にも魅せられたラヴレスだった。しかし、出奔後のラヴレスはさまざまな問題を突きつけられていくうちに、焦りや、娼館の女たちの指嗾《しそう》もあり、さらに過去の女性体験や多くの男性が持つ当時の女性観も妨げとなって、クラリッサを理解しようとして失敗し、あげくはレイプする。ラヴレスにとってクラリッサは解読できない「暗号、サイファー(cipher)」のままで終わる。なお、この語はクラリッサが自分自身に対して使っている、「わたしはただの暗号にすぎない」(I am but a cipher)(567)と。一方クラリッサは家出当初の、「どうしてもわたしは巧妙にあしらわれたと思ってしまう」、「彼に会ったことでどうしても自分が許せない」(390)という意識から抜け出せない。それに加えて、クラリッサには、さまざまに画策するラヴレスのネガティヴな側面ばかり目につくから、彼女の心境を無視して、一挙に肉体関係まで進もうとするラヴレスは受け入れがたい。

ところで、長期間の同居生活で二人の間になにかしらの愛情は芽生えないのだろうか。出版当時、多くの読者は、出奔した状況を踏まえクラリッサにラヴレスへの恋愛感情――この気持ちが彼女の口から明言されることはない――があると考えたから、同居中のラヴレスに対する彼女のよそよそしく冷たい態度を批判した。ラヴレス自身も彼女の気持ちに疑心暗鬼で、本当に俺を愛してくれているのか、「でもその愛を認める素直さ、率直さが彼女にあるのか？　ない」(428)と書いた。実のところ、当時の読者の読みが間違っていたと一概にはいえない。物語の進行からはクラリッサにそのようなラヴレスへの愛、恋心が育ってもいいと考えてもおかしくない。しかし、リチャードソンはそのクラリッサの感情をあくまで抑え込む、あるいはラヴレスがどのような態度を取っても許容しない方向で書いていく。リチャードソンはテクストが彼の意向に反して自立し、勝手に動き出すことを拒んでいるともいえる。テクストを制御している。このことはあとの章（第一二章）で書く。

その結果、「愛している男の根気強い手練手管と忍耐に抗してこれほど節操(honour)を守る女を知らなかった」(972)とラヴレスは嘆き、一方、クラリッサは彼の行動に肉体を犯される恐怖しか感じていないようだ。彼女にとって肉体は精神と連結していて、純潔は精神的徳につながる。しかし肉体はあくまで精神の下位にある。ラヴレスにレイプされると、その汚れた肉体はクラリッサには消去されるべきものになる。同時にラヴレスに対する精神的な愛情もなくなる。

このような経緯を見ていくと、クラリッサの「愛」そのものに対する独特な考えが見えてくる。クラリッサがアナ宛に書いた第一八五書簡はおもしろい手紙で、ジェイン・オースティンの『高慢と偏見』の「プライド」論争を彷彿させる議論がある。クラリッサはラヴレスに「家柄、生まれ、財産など価値ある立派なプライド」にプラスするメリットがあなたにあれば、と皮肉たっぷりに言う。ラヴレスがそれに反論して、クラリッサのためにハーロウ家からのいろいろな嫌がらせを我慢している「わたしのプライド」はどうなのでしょうと言ったあとで、不用意に「愛」という語を口にしたとたん、クラリッサは、

　愛ですって、誰が愛の話をしているのですか？　わたしたちが話していたのはメリットではありませんか？　わたしがこれまでそのような感情を告白する、あるいはわたしがあなたにそれを言わせようとしたことがありましたか？　でもこんな議論と続けてもきりがありませんわ、お互いとても欠点がなく、とても自分に自信があるのですから——

　わたしは自分が欠点ないなんて思っていませんよ、あなた——でも——

　でも何でしょうか？　子供みたいにわたしとずっと議論し続けるおつもりですか——

　…………

　まあ、まあ、（いらいらして）——これだけ言っておけばと思いますが、考え方にこれだけ大きなへだたりがあるのはわたしたちの気性がとても不釣り合いだということ——だからもう——

　もう何ですか、あなた——わたしの心がとても動揺してきました！……　(592–93)

冒頭の台詞はいかにもクラリッサらしい。ラヴレスを愛する気持ちはもともと強くなかったが、ラヴレスのさまざまな行為から一層薄れていく情況で悩みを深めるクラリッサが、前後の脈略か

らいささかずれる「愛」という言葉を彼から突然聞いて激しく反応している。リチャードソンの書簡体はこのように会話を引用符つけず、さらに「と彼［彼女］は言った」など通常の会話でつけるような説明なしに書いて連続しているから、それぞれの語り手の言葉がもろにぶつかりあう。そこから生まれるユーモアやアイロニーが見事である。「だからもう」のあとはもちろん「別れましょう」が続くだろう。

物語は、実家から援助を拒否され突き放された情況で結婚することが唯一の残された策ということで、その話が中心になるが、もともと結婚そのものにネガティヴなラヴレスと、情況上やむを得ないかもしれないとするクラリッサの姿勢から、話は前進しない。当然繰り返しが多くなるから、『クラリッサ』にストーリーの面白さだけを求める読者は幻滅するだろう。それがドクター・ジョンソンの「ストーリーで『クラリッサ』を読むな」という忠告でもある。

自分のプライドを満足させようとラヴレスが再度愛情確認をしようとする場面がある。そこでも「彼女は、俺に惹かれてないわけではない (*more* than indifferent) と白状したが、愛 (LOVE)［ここでも大文字］について、俺が彼女にそれを認めるよう迫ると、女が結婚に同意しているのに、そんなこと (*that sort*) を認める必要などあるのですか」(702) と激しく言い返される。第三版に追加されたこの部分（第三巻、156–57）には、ラヴレスの心中で擬人化された「愛」と彼自身との対話がある。その結論として「正しい愛」(*right sort* of love) などない、と彼は断じ、愛はメリットとか思慮深さとか理性の力などの支配は受けないとしている。ラヴレスの考える「愛」は肉体的魅力も含めた好きな感情を指し、セックスも当然含んでいる。このラヴレスの心中対話の最後に「もしこの女性［クラリッサ］が愛することができるとすれば、それは彼［愛］とは少しも関係のない種類の愛で、これまで女性の心を支配したことなどないようなものだろう」（第三巻、157）と結論づけている。

これとクラリッサの「彼の愛にはどこか下品な利己的な面 (something low and selfish in his love) が見えた」(390) という一文を対比させれば、二人の「愛」の根本的な相違が見えてくるだろう。もちろんクラリッサはラヴレスに肉体的魅力さらに人間的魅力を感じていていたから、ここまで引き込まれているわけだが、彼女はできるだけ愛情から性的感情を切り離し、それを抑制しようとしている。「彼女は恋に逆らう者 (a rebel to love)」(610) なのである。一方ラヴレスのあからさまな性的願望を含めた愛は「下品で利己的」と規定される。クラリッサが「結婚の状態は、わたしの考えでは、きよらかな状態 (a state of purity) で……みだらな状態 (licentiousness) ではありません」(703) と言った、とラヴレスは記したあとで、「結婚が、きよらか、ジャック！——とても滑稽だぜ、本当に——でも、愛すべき人たちよ、女性陣の半分は放蕩者だからと言ってすぐにでも駆け落ちするんだ、他の理由からじゃないよ」(703)

彼らが求める愛の違いは、物語の後半で一層明確になり、最終的にクラリッサ[1]の「神への愛」につながっていくことになる。マーガレット・アン・ドゥーディの指摘しているように、英語の'love'には、肉体的愛 (eros)、社会的愛 (philia)、神の愛 (agape) があり、「愛」と神の愛、アガペという宗教的意味の連想がクラリッサに働いているかもしれない。

重視される精神性

　ロンドンへ来る以前のクラリッサはラヴレスの策謀に乗って受動的に動いていたが、この段階で、彼女はこれまでとは違った側面を見せる。そこで目立つのはクラリッサが精神的にラヴレスを下に見ていることである。「私の心 (soul) はあなたの心より勝っています」とは、彼女が繰り返し言うセリフである。三度目にそう言われたとき、「俺の妻が……俺よりずっと優れたひとだって！――俺が一家で二番目でしかないと思われるなんて」(734) と、ラヴレスは嘆く。自分より上位に女がいることは耐えられない。彼は「俺に従ってくれるほど喜びはない」(669) と、当時の男性の固定観念、偏見をむき出しにしている。それものちのレイプにつながってくる。

　クラリッサが精神的上位を示す具体例として、クラリッサのラヴレス宛の手紙（ラヴレスが書いた第二〇二書簡に挿入されている）――実際には彼女は書いたあと破り捨てたのだが、彼はお手伝いのドーカスを使ってひそかに転写させた――を見てみよう。彼女は遠慮ない書き方で、もし夫になるひとが狭量な気持ちのひとであれば、「その夫を軽蔑する」(654) と暗にラヴレスを批判する。クラリッサにとって「家族は彼女にとってとても大事な部分」(654) とした上で、ハーロウ家を批判し続けるラヴレスに「あなたは誰でも好きなように批判なさり、ひとにご自分のことを批判させないお方ですが、わが家を批判しないでください」(654) と言う。ラヴレスはこれを読んで「女性の一番の名誉はおとなしく、忍耐強く、忍従することなのに、何でかっとなったりするのだね、本当に――乙女のときこんな勝手なことをするようだと、結婚すればもっとひどくなるのではないかね？」(655)とコメントしている。二人の口論が激化してかっとなるとクラリッサは自室へ籠もってしまい、ラヴレスが懇願しても会おうとしなくなる。ラヴレスの不満は次のような箇所にも表れる。

……俺のプライドになんと屈辱的なことか、もし俺が彼女と結婚すると、この気高いひとが俺に対して愛情でなく、ただ寛大な気持ち、あるいは盲目的な義務感で行動する、そして俺のものになるよりはむしろ独身でいたほうがいいとなったら。(669)

クラリッサがラヴレスの自分に対する誠実さを疑っているのは、結婚嫌いの彼が、鳥狩りのごとくゲーム感覚の延長でクラリッサをその狩りの対象とし、彼女の肉体を支配しようとしているからである。第三版は修正、加筆された部分でラヴレスの悪人振りを明確にさせる傾向が強いが、第一二一書簡のクラリッサの手紙は第三版で大幅に加筆されている。そこでラヴレスは求愛の熱弁を振るい、「わたしを好きなように造ってください、あなたの手の中の蝋ですから……わたしたちはお互いのために生まれたのです」(第二巻、80)などとへりくだった言い方で、クラリッサの気持ち惹こうとする。その話をアナに報告したあと、クラリッサは「でもごらんのように結婚のことはほんの少しも触れないの」(第二巻、81)と書いている。

ラヴレスはクラリッサの人間的な美点を認めているが、まずは女であってほしい、肉体を持つ女として彼と接してほしいと願う。ベルフォードへの手紙では「彼女のなかの女性性を目覚めさせる(awaken the woman in her)ことができないか、やってみてもいいではないか」(431)と書いている。彼はこれまで知ったほかの女性と同様の反応をクラリッサに期待する。彼は拉致する寸前のクラリッサの姿を「俺の歓喜状態(my transports)」(400)で一頁にもわたり描く。

> 彼女の蝋のような皮膚は(彼女も結局血と肉のひとだ!)その繊細さと引き締まりかたで、彼女がすこやかで健康であることを請け合っている。俺が彼女の肌をほめそやすのを君はしばしば聞いている。俺はこれまでこんな輝くほどきれいな肌をみたことがない。(399)

純潔は美徳という時代

当時のイギリス社会では、女性の肉体の純潔は精神の純潔に、さらに名誉に通ずるという通念があり、もともと貞操意識の強いクラリッサはそのことを一層意識している。というより、肉体は精神の延長にある外面的なものと見なしている。ラヴレスは彼女が頑なに彼への愛情を示そうとせず、逆に見下したような、横柄な態度を取ることに次第に怒りがこみ上げてくる。一方で、彼女の肉体への彼の欲望は強くなり、さらに売春宿の娼婦たちがクラリッサへの嫉妬心からそれをけしかけることもあり、犯したいという気持ちがたかまる。意のままにならないクラリッサに業を煮やしたラヴレスが前後を忘れ、険しい表情で強引に彼女の手を取るという場面では、その強迫的行為で「恐怖を彼女の支配的感情にしてしまった」(642)。この段階ではラヴレスは犯すことまでは考えていないのだが、クラリッサの肉体接触に対する恐怖心は強い。少なくともラヴレスの知っている女性――「抵抗しても結局従う (yielding in resistance)」(557) ――とは異なる。「このような真剣な抵抗に以前あったことはなかった」(727)。

さらにクラリッサの肉体的恐怖心を示す例が、深夜の火事（ボヤ）騒動（六月八日午前二時）でのクラリッサの反応である。ラヴレスの手紙（第二二五書簡）は下着姿で胸をはだけたクラリッサが恐れおののく様、彼が落ち着かせようとして抱きすくめたときの様子をエロティックに描く。すでにその三日前の手紙（第二二〇書簡）で彼女の好意的な態度を喜んで「俺が手に二度キスをしたら、そのたびに彼女は勝手な振る舞いに怒って退室した」(704) くらいだから、この反応は読者にも予想がつく。

おうジャックよ！　俺が彼女を抱きすくめたとき、いかに彼女の愛らしい胸がせり上がりあえいだか！　俺はいとしい彼女の心臓が俺の胸に押されて何度も高鳴るのが分かった、それでちょっとのあいだ、彼女が失神するのでは、と懸念した。(723)

さきの引用でもそうだが、クローズアップされたクラリッサの肉体の描き方はずいぶん肉感的で、当時からポルノグラフィックだと指摘されてきた。(2)

このあと、気遣って(?)彼女をわざわざベッドまで運んであげたところ、その行為が感謝されるどころか、逆にクラリッサの怒りを爆発させる。「俺の両腕に体が抱かえられているのを知って一層恐怖心(the greater terrors)」(724)が生まれたのだ。クラリッサはラヴレスがボヤ騒ぎを利用して自分を犯そうとしているとみたわけである。彼の接近がクラリッサの肉体への恐怖心をあおったのだが、彼はそれを「凍てついた貞操観と過度の潔癖さ(her frozen virtue and over-niceness)」(724)と見ている。クラリッサは彼を「裏切り」(treachery)と非難し、あげくは「このような恥知らずなひどい仕打ちを受けたからには生きることはできません」(724)と言いながら近くにあったハサミの鋭利な刃先を胸に当て、いまにも突きそうにする有名な場面になる。「わたしの名誉はわたしにとって命より大事なことなのです!(my honour is dearer to me than my life!)」(725)と叫ぶ。

レイプ後になっても同じようなことは起こる。クラリッサと同様に心理的に動揺しているラヴレスが思い詰めた表情で再度彼女に接近しようとしたとき、「もしあなたの足元でわたしが死体となることをおいやなら、そんな思い詰めた顔でわたしを触ろうとはなさらないでくださいな」と言いながら、「驚いたことに、ペンナイフを持ちその先を胸に当てた」(950)。

このように肉体の接触、いわんや肉体を犯されることへの恐怖心は強い。ラヴレスは「なぜ彼女は体のあらゆるところをこうも神聖視するのか」(705) と思うのだが、彼の思考のベクトルはクラリッサのそれとは逆方向に向いている。口癖のように死ぬことを口走るクラリッサは肉体そのものを「神聖」(sacred) 視しているわけではない。彼に接近されそうになるとすぐハサミやペンナイフを胸に当てること自体が、わずらわしい肉体からの脱出の姿勢を見せているからだ。

信仰心の篤いクラリッサ——ロンドンで監禁状態に置かれても、ラヴレスの目を盗んで教会へしばしばお参りに行った——はさらに貞潔など道徳的徳義心を併せ持っている。それがクラリッサの精神的な核、コアになる部分である。レイプされるまえはその精神のもとに心と体は一体化していた。肉体は心の延長として貞操、純潔を維持することで一貫性を保っていた。これは身体的知覚が精神心理、感情に影響を与えるという当時ハッチソンたちの感情論と一致している。もちろん精神が絶対的に上位であるが、心と体は分離したものという思考ではない。しかし、クラリッサの場合、それがレイプによって完全に破壊された。精神と肉体の調和、一致が崩れてしまう。

肉体接触に対する彼女の極度の恐怖——ラヴレスの言い方では「度が過ぎるデリカシー (Excess of delicacy)」(646) ——は当時一部の読者からも度が過ぎると見なされ、クラリッサは淑女ぶっている、お上品ぶっている、英語でいう'prude'だと批判された。クラリッサの性感情の欠如はまた性欲や性衝動を隠すべきものという当時の女性自身の意識に乗っているともとれる。当時処女性 (virginity) は肉体の徳 (virtue) であり、貞操 (chastity) と等しいこととして見られ、それが当人の名誉 (honour) でもあったことはまえにも書いた。

当時のイギリス社会では、純潔を失うことは結婚市場での価値を失うことでもあった。「身持ちの悪い (unchaste) 女は正当な財産権を移す盗人のようなもの」という趣旨のことをドクター・ジョンソンは言っている。(3) クラリッサの節操観念の背後にはこのような社会的背景がある。いずれにしても「こんな宿命でもわたしの精神は挫けることはありません」(797) というクラリッサの精神力の圧力のまえにラヴレスはいわば追い詰められてレイプを決行する。

ラヴレスとレイプ

ラヴレスからすればすべては意外な結末である。「俺の悪はすべて女遊びに、そして策略と陰謀にある」(1146) とすべてが終わったあと総括しているように、ラヴレスは何人かの女性を意のままにしてきた。これまでは巧妙に女性を口説き、犯してきた。つまり今回のようにレイプに至ったことはラヴレスにとって敗北を意味する。

レイプで公的な問題になったが、ラヴレスのような貴族の放蕩者にとって女遊びは本来プライベートな領域にとどまる。彼の友人のベルフォードやほかの仲間たちも同様に放蕩者であり、女遊びを当然と考えている。伯父のM卿の発言にもあるように、女遊びはあくまで「私的な悪さ」のレベルのはずだった。このような書き方からはリチャードソンの貴族階級の道徳的腐敗批判が見え隠れする。

一方で、『クラリッサ』という作品全体には喜劇性が横溢している。その一因はラヴレスの遊び感覚がつねに見えるからだ。クラリッサに対する彼の姿勢ですら真剣さより、遊び感覚がある。クラリッサが彼を心から信じられないひとつの理由でもある。たとえばラヴレスは手紙の偽造や横取りをするが、それを深刻なこととは考えていない。クラリッサから見るとまったく倫理観のない行為ということになり、二人の関係は一層悪化する。ヴァン・ゲントは「ラヴレスは悪魔のイメージ」[4] と書いているが、当時の読者は彼をそれほど悪い人間と考えなかった。ラヴレスには悪魔的側面もあるが、ヴァン・ゲントの書き方は単純化し過ぎているようだ。

ラヴレスの人物造形と強い関連性があるのは王政復古期演劇である。『美しき悔悟者』のロタリオのように、喜劇の放蕩者は愛情と結婚を結びつけることはしない。一七世紀後半から一八世紀前後の演劇では放蕩者が人気のキャラクターであったともいわれている。しかし一八世紀に入ってからイギリス社会の中心をなす中産階級のピューリタン的倫理観のまえにラヴレスが最終的に敗北するのは必然に見える。

ラヴレスは演技がうまいし、変装やひとの声色をまねする。第三版で追加された章（第二巻二三章）［初版は欠号となっている第一二二書簡が第三版では復活］で、クラリッサは「彼は完璧なプロテウスです」、「彼は完璧なカメレオンです」(82) と同じことを繰り返し書いている。クラリッサにとってラヴレスは捉えどころなく変幻自在である。彼のアイデンティティは確立しようがない。彼は演技をするのが好きなのである。さらに「征服するか、死ぬか、これがいまの決意だ！」(810) など自己劇化のセリフはしばしばある。ラヴレスは劇の喜劇的主人公を演じていることを自認している。『クラリッサ』自体が演劇的要素の強い悲喜劇である。その饒舌な手紙の語りは魅力的だから、当時の多くの読者はラヴレス好きだった。

ラヴレスの人間的魅力は、クラリッサも認めている。彼は女性関係以外のことでは極めて常識的な男で、あまり問題がないと彼女は考えている。家柄もよく、学識も豊かだからプライドが強い男であるが、当時の若者のように不信心というわけではないし、お金に執着することもなく、使用人たちにも気配りができる。近々国会議員になり、活躍も期待されている。

しかし思考パターン、特に女性に関してはかなりステレオタイプ、紋切り型である。中産階級に対する軽蔑はハーロウ家批判の根底にある。女性に対する偏見を少し列挙してみよう。「女は男のために造られた、女のために男が造られたのではない」(429)。これは聖書(「コリント人への第一の手紙」第一一章九節)やサミュエル・バトラーの『ヒューディブラス』からの引用である。「女たちには魂がないと俺たちは考えている」(704)はユダヤ教の律法の誤った引用(ペンギン版の注(1518))だそうだ。つまり「(女の)大事な栄光は従順さ、忍耐、そして忍従である」(655)であり、「女どもはコントロールされるために生まれた」(670)(これはエドマンド・ウォラーの詩の一節)から、ラヴレスの、あるいは当時の男性の考えでは、男の勝手な行動に女は黙って従えということになる。これがベースの考えだから、クラリッサから「女性の栄光であり、特質でもある性格のそのような面[思いやりある繊細な感情(nice and delicate sentiments)]に入り込もうという デリカシーがない男」(595)とラヴレスは言われる。一言で言えばラヴレスは女性の気持ちが分かっていないということになる。

最終的にレイプの遂行でラヴレスは八方ふさがりの状態になるが、ある種の開き直りで、「俺は、最もつかの間の悪事（the most transitory evil）をそんな激しい言葉〔身の破滅だなどと〕で言うお上品な連中が我慢ならない」（869）と言い、できるだけ軽視しようとする。またレイプ後も結婚すればすべては解決すると考えている。当時の男性、特に貴族階級の若者のレイプ意識がラヴレスのそれに反映されていると見ることができる。ロンドンのウェストミンスター地区で治安判事をしたこともあるフィールディングは『クラリッサ』の翌年（一七四九）に出した『トム・ジョーンズ』で「若い女性の貞操は野ウサギと同じ情況」(5)と書いている。さらに彼が若いとき書いた戯曲『レイプ、さらにレイプ』（*Rape upon Rape*）（1730）という茶番劇では、レイプは喜劇の材料として扱われている。当時の通俗的な女性観がここに見られる。

第一〇章
聖化されるクラリッサ

レイプされるまえまではクラリッサの心と体は一体であった。体を汚されることは心を汚されることに通じると彼女は考えていたから、それまでラヴレスの性的接近を頑なに拒んでいた。しかし、レイプはそれを一挙に破壊してしまう。「わが魂の破滅（the ruin of my soul）」(900)という認識である。なお'ruin'はこの小説で頻用される語で、身が汚されるときも、評判が台無しになるときも使われる。

クラリッサはレイプ直後に精神的錯乱に陥ってしまう。紙切れに書かれた一〇の段片、特に「紙片X」(893)［次頁図版参照］は乱れた紙面からその衝撃の激しさを物語る。さらに「わたしは何ひとつ過去のわたしではない」（紙片I）(890)、とか「わたしは自分の名前を知らない」（紙片II）(890)と書き、過去の自分にもどれないという意識が強烈になる。

しかし、そのショックからの立ち直りも意外と早い。六月一三日にレイプされたあと、わずか五日後の一八日のラヴレスの手紙（第二六三書簡）は、クラリッサの心境の変化を伝える。

L261] CLARISSA 893

PAPER IX

HAD the happiness of any the poorest outcast in the world, whom I had never seen, never known, never before heard of, lain as much in *my* power as my happiness did in *yours*, my benevolent heart would have made me fly to the succour of such a poor distressed—With what pleasure would I have raised the dejected head, and comforted the desponding heart!—But who now shall pity the poor wretch who has increased, instead of diminished, the number of the miserable!

PAPER X[1]

LEAD me, where my own thoughts themselves may lose me;
Where I may doze out what I've left of life,
Forget myself; and that day's guilt!—
Cruel remembrance!—how shall I appease thee?

—Oh! you have done an act
That blots the face and blush of modesty;
Takes off the rose
From the fair forehead of an innocent love,
And makes a blister there!—

Death only can be dreadful to the bad:
To innocence 'tis like a bugbear dress'd
To frighten children. Pull but off the mask
And he'll appear a friend.

Then down I laid my head,
Down on cold earth, and for a while was dead;
And my freed soul to a strange somewhere fled!
Ah! sottish soul! said I,
When back to its cage again I saw it fly,
Fool! to resume her broken chain,
And row the galley here again!
Fool! to that body to return,
Where it condemn'd and destin'd is to *mourn*.

Oh my Miss Howe! if thou hast friendship, help me,
And speak the words of peace to my divided soul,
That wars within me,
And raises ev'ry sense to my confusion.
I'm tott'ring on the brink
Of peace; and thou art all the hold I've left!
Assist me in the pangs of my affliction!

I could a tale unfold—
Would harrow up thy soul!—

When honour's lost, 'tis a relief to die:
Death's but a sure retreat from infamy.

By swift misfortunes
How am I pursu'd!
Which on each other are,
Like waves, renew'd!

Then farewel, youth,
And all the joys that dwell
With youth and life!
And life itself, farewel!

For life can never be sincerely blest.
Heaven punishes the *Bad*, and proves the *Best*.

君に前にも言ったように、［クラリッサが］カッとなったり、荒れ狂ったり、飛びかかったり、泣いたり、罵ったりするだろうと身構え……そんなことに俺は慣れているし激しいことは続かないから……そのような目に遭うと思っていたのだが。ところが大変堂々とした落ち着いた態度で……ルクレチアのような害（自害）を彼女自身にすることは考えていないようで、――心はとても口で言えないほど深い悲しみに飲み込まれているのに……（900）

クラリッサの落ち着いた態度を見て、逆にラヴレスは次のように狼狽し口ごもるが、この自己描写も相変わらず彼の演技が混じっていると読めるし、コミカルでもある。訳しようがないので原文を引用する。

What—what-a—what—has been done—I, I, I—cannot but say—must own—must confess—hem—hem—is not right—is not what should have been—But-a—do all—do everything—do what—whatever is incumbent upon me—all that you—that you—that you shall require, to make you amends!——（901）

（「私のやったことは正しいことではなかったとしか言いようがないし、すべきじゃなかった。でも私がなすべきこと、あなたが償いとして要求することは何でもします」の意）

何度も言いよどんでためらっていることはダッシュ（—）を多用していることで分かる、さらに吃り、咳払いをし、言い直しをしている。さらに、「ああ、ベルフォード、いま勝利は誰のものか！　彼女か、それとも俺か？」(901) と記す。この言葉を聞いたクラリッサは「償いですって！まあ、あなたは本当に軽蔑に値する (despicable) ひどいひと」と言い、「妻の純潔を奪うようないゝ、ゝ、ゝ、ゝ、ゝ、ことをすることができるひどい男をわたしはとても軽蔑する (despise)」(901) と、結婚すればレイプは問題視されないという当時の男性の意識で事態を糊塗しようとするラヴレスの申し出を一蹴する。

その後のクラリッサの手紙には「ヨブ記」からの引用が多くなり、クラリッサがヨブの受難と重ねて自身の苦しみに言及する。幸せな一八歳半ばまでの人生に突如襲った苦難、この世のすべてに対する絶望、そして諦念、最後に神に帰依し希望を持つパターンはヨブのパターンでもある。クリスチャンの生き方を示す指針でもある。さきの引用の次の頁には「この世ではわたしは死んだ人間とあきらめています」(901) とすっかり諦念した気持ちを示し、無意識の状態でレイプされたから、クラリッサ自身に責任があるわけではないとし、「あれ［レイプ］はわたしの心を犯していない。わたしの道徳は傷つけられていない」(1254) ということになる。汚れないきよい心で死を迎えられる喜びに気持ちは向かう。来世を迎える準備が整っていると考えるから、

それでは、わたしの唯一の親しき友よ、死ぬこと以外なにが望めましょうか？　死はこの

世の人生の終わりに過ぎません。決められた行程の総仕上げに過ぎません。つらい旅路のあとの元気を回復させる宿です。気遣いや悩みの人生の終わりです、そして、もし幸せになれるなら、永遠に幸福な人生の始まりです。(1117)

この世の幸せより来世での幸せを希望するようになる。「この世は（来世への）見習い期間」(980)とか、「永遠の喜び (*eternal felicity*)」(991) はクラリッサの家庭教師だったノートン夫人の言い方だが、その考えを彼女も受け継いでいる。これは現世より来世が大事というピューリタン的な思考である。現世で苦難に耐えたから「その終わりにはたっぷり報奨を確信している」(1058) 姿だと、最後の二ヶ月彼女の身近でさまざまな援助や世話をしたベルフォードは見ている。

クラリッサにとって死は喜ばしいことであるが、それを早めるということはしないと言いつつ、実際には絶食に近い状態が続き、衰弱していく。レイプされてから死去するまでの三ヶ月弱のその詳細な過程が『クラリッサ』全体の三分の一を占める。ストーリーとしてはレイプで終わっていると言えるが、死を迎えるまでのクラリッサと、レイプという暴力によってしか彼女を支配できなかったラヴレスの対比が興味深く描かれる。終盤にクラリッサから会うことすら拒否され、苦悩し呆然とするラヴレスには悲哀すら漂う。いずれにしてもラヴレスはクラリッサとの闘争の敗者といえる。

クラリッサの死の願望は、自身で葬儀屋に行き、お棺――「わが家 (her *house*)」(1273) とか、

「わが宮殿 (her *palace*)」(1306) とか呼んだ——を注文したことで一層明確になる。できあがったそのお棺をわざわざ寝室のベッドのそばに置いた。その蓋には、王冠を被った蛇が尻尾を口に飲み込み、輪のようになった図柄、つまり永遠の象徴としてのウロボロス、そしてその輪のなかに、

CLARISSA HARLOWE.
APRIL X.
[Then the year]
AETAT. XIX.　(1305)

「クラリッサ・ハーロウ、四月一〇日、〔それから年号〕一九歳」

と記した。四月一〇日は出奔した日で、クラリッサがこの日を運命の日であると認識していたことはまえに書いた。さらにその蓋の上部に翼をつけた砂時計、下部には壺を置いた。砂時計の下に別のプレートを置き、そこに「ここではよこしまなる者も悩ますことを止め、ここでは疲れた者は憩いを得る」(1306) と、「ヨブ記」第三章一七節を引用して刻んだ。さらに壺側の蓋に「詩篇」から神の救いを感謝する引用があり、その上に茎から落ちたばかりの白百合の花が置かれ、その上側にも同じ「詩篇」から現世のはかなさを歌う詩句を刻んだ。しかもこれらの詩句を全部、自分で蓋に刻んだ。

「死はレイプの当然の結果 (the *natural* consequence of a rape) か？　そんなこと聞いたことがあるか」(1439) と言うラヴレス、さらにレイプを軽視し「俺と同じように酒などで酔わせ、最初酩酊させておいてからおとなしくさせる男がたくさんいるだろう？」(1143) と、自分の罪は軽いと抗弁するラヴレスには、クラリッサの精神性は最後まで理解できない。実際クラリッサは現世しか見ないラヴレスとは対極的な位置にいる。お棺の蓋に刻み込まれた聖書からの詩句は、「聖書をよすがとしている」(1206) クラリッサのやっと落ち着いた精神状態を示している。「誰も自分を許してくれなくとも、神は許してくれるだろう」(1206) と現世の望みや悩みを一切捨てきった心境に落ち着いている。お棺の準備とおなじころ昔の求婚者ウィチャリーへの手紙で、「わたしは人間的な依存など一切求めていません」(1268) と書いている。彼女が助けを求めても頑な姿勢を最後まで崩さなかった実家、ハーロウ家に対しても、もはや責める気持ちもない。

信頼され遺言執行人に指定されたベルフォードの目には、差し迫る死をまえにしたクラリッサは「死なんとする聖者 (a dying saint)」(1332) と映る。「ミス・ハーロウの光栄に満ちた模範」と比較されるのは、ラヴレスたちの仲間ベルトンと、娼館の女将シンクレア夫人の死をまえにした姿である。ベルトンの様子は「彼はいま死に際である——喉がゴロゴロ鳴っている、ほとんど毎分ごとにひきつけを起こす。とてつもない恐怖のなかで！　目は息を吹き付けた曇りガラスのようだ！　もうぞっとするように回すこともない。まったく据わっている……」(1242) と、死をまえに恐れおののく姿を詳細に描く。彼が救いのない状態にあることを示す。

一方、娼館の女将シンクレア夫人はクラリッサよりあとで死ぬが、その死に際はグロテスクなほどおぞましい。彼女は階段で足を踏み外し大腿部を骨折、そこから壊疽が発症、足を切除し義足をつけたが高熱を引き起こし死に至る。その臨終の場に、顔は前夜の化粧跡が醜く残る乱れた姿の八人の娼婦が彼女を取り囲む (1386) が、それを報告するベルフォードの筆、いやリチャードソンの筆は同時代の風刺画家ホガースの絵に劣らない皮肉な滑稽感、さらに醜悪な雰囲気を醸し出している。さらにスウィフトのヤフーまで引き合いに出し (1388)、そのような娼婦たちに囲まれたシンクレア夫人は「彼女は不運で体が痩せるどころかむしろ太っていると思った、怒り狂い激しくもがいたためだろう、筋肉質の容貌が膨れていた。丸太のような両腕をあげ、大きな手はきつく握られていた。大きな目はむき出しでサラマンダー（火トカゲ）のように炎をあげるように真っ赤であった……」(1388) と延々とグロテスクな描写が続く。そしてシンクレア夫人はこのような結末に至った元凶としてラヴレスを呪い、さらに周りの娼婦を呪う。もう助からないから、心を落ち着けてとベルフォードが言うと、「こう言われて彼女はとてもひどく荒れ狂った。幾人かの娼婦どもが無理矢理両手を捕まえなければ、彼女は髪を引き抜こう、また胸を殴ろうともした……」(1392–93) と、これも詳細な描写になる。おもしろいことに、リチャードソンはわざわざ「脚注」(1388) をつけて、この描写からスウィフトの「婦人の化粧室」(Swift's Lady's Dressing Room) を思い出すでしょうが、それよりこちらの描写は自然でまだ品がいいと思うでしょうとふざけている。多くの読者はそれよりシンクレア夫人臨終の図のほうはグロテスクだと思うだろう。

この二人のおぞましい死の迎え方は明らかにクラリッサの静穏な死と対比されるために書かれているが、リチャードソンはクリスチャンとしての死の迎え方の模範例としてクラリッサの最後を描いている。彼女は天の花嫁として神格化されていく。ラヴレスは一層手の届かない存在となったクラリッサを「彼女は天使です」(1037)と見るように、周囲の者からもあがめられていく。この展開から、キンキード＝ウィークスやダッシンガーは終盤を宗教小説と呼んでいる。(1)

それほど、物語終盤のクラリッサは世俗的側面を捨て信仰を全面に出し、来世志向を明確にしている。その意味でも「書簡体小説」の現在中心で未来が見えない特性がなくなり、読者はつねに終わりを意識しながら手紙を読むことにもなる。

第一一章

書き直しと創作ネットワーク

初版と第三版

初版刊行（一七四八年一二月）のあと第二版が一七四九年六月に出されたが、これは第一巻から第四巻までの書き直しで、残りの巻（第五巻―第七巻）は刊行されなかった。わずか六ヶ月の間隔しかないようだが、実際には初版の第四巻までは一七四八年四月に出たから、一年以上の間があった。つまりリチャードソンは初版を三回に分けて刊行中も、たえず既刊の巻の修正を行っていた。その結果、第二版は四巻それぞれに修正箇所が千カ所に及ぶという。第三版は一七五一年に八巻本として出されたが、全巻書き直しの版で、頁数も二百頁多い。そこで初版と並んで第三版が重要視される。第四版はリチャードソンが存命中の一七五九年刊行されているが、第三版と同じ内容であるから無視してもいい。つまりリチャードソンが生前修正した最終版は第三版ということになる。

当然作者の意向を汲んで第三版を重視する研究者もいるし、これまでの『クラリッサ』出版史を見てもその傾向が見て取れる。いわゆるシェイクスピア版 (Shakespeare Head Edition)（一九三

○）やエヴリマンズ版（一九三二）、縮小版のモダンライブラリー版（一九五○）はいずれもこの第三版を利用している。しかし、ペンギン版（一九八五）は初版にこだわり、現在市販されているものも同様になっている。またリチャードソン研究の権威者キンキード＝ウィークスも初版を好んで使う。二つの版へのこのような違った評価、反応はリチャードソンが行った修正や変更、追加箇所を調べることで理解されるだろう。なお、シャーリー・ファン・マーターが詳細にその比較研究[1]をしているので、それを援用しながら以下にとりあえず事実関係だけを説明しておく。

第三版における変更は細かな点では文体をスムーズにすることにあった。初版の文体は主語や動詞の省略など推測しないと分からないことがあり、不明瞭で読みにくいという指摘があった。初版と第三版からひとつだけその典型的な例を挙げてみよう。ラヴレスがハーロウ家の拒否反応も無視して強引に押しかけてきて、門前払いを食う様子を、クラリッサは次のように描く。

（初版、52） I fainted away with terror, seeing everyone so violent; and hearing his voice swearing he would not depart without seeing me, or making my uncles ask his pardon for the indignities he had received at their hands; a door being also fast locked between them; my mamma struggling with my papa; and my sister, after treating him with virulence, insulting me, as fast as I recovered. But when he was told how ill I was, he departed, vowing revenge.

（第三版第一巻、19） I fainted away with terror, seeing every one so violent, and hearing Mr.

Lovelace swear that he would not depart till he had made my uncles ask his pardon for the indignities he had received at their hands, a door being held fast locked between him and them. My mother all the time was praying and struggling to withhold my father in the great parlour. Meanwhile my sister, who had treated Mr. Lovelace with virulence, came in to me and insulted me as fast as I recovered. But when Mr. Lovelace was told how ill I was he departed; nevertheless vowing revenge. ［下線部が変更部分］

第三版は、文の区切りをつけ、句読点（セミコロンをコンマにするなど）を直し、文法的誤用を改善している。さらに「彼」を「ラヴレス氏」として代名詞を固有名詞に変え誤読のないように、読みやすいようにしている。ほかの箇所でも、リチャードソンは貴族のしきたりに詳しくなかったから、呼び方もレディー・ブラッドショーなどの助言を得て「ロレンス伯母」を「レディー・ベティ」や「レディー・ベティ・ロレンス」などに書き直している。これらは全編にわたる変更点である。

おもしろい変更は、初版でクラリッサは両親を愛情込めて「パパ」(papa)、「ママ」(mamma)と書いているが、第三版では「父」(father)、「母」(mother)と書き直したことであろう。子供っぽいという指摘があり変更してやや堅苦しくしている。クラリッサの家族、とくに両親に対する愛情は特別なものがあり、それが「家族」(family)でなく「友」(friends)という言い方にこだわる理由だったが、このパパ、ママにも現われている。

これらの変更により文章がよくなったと考える批評家もいるが、私は手紙の即時性、咀嚼する暇なく書かれることに書簡体の魅力があると考えているから、多少の文章の乱れがあっても、書き手の個性が自然に出ていると考えているので、初版を好む。

第三版が初版より二百頁も増加した一番の理由は、このような諸点の変更のためでなく、物語の核心にかかわる内容面にある。ラヴレスは不身持ちで遊び好きではあるが、クラリッサの愛を必死に求めるラヴレスに共感し同情する読者も多かった。当時の読者のなかには、クラリッサはラヴレスを好きだからこそ一緒に出奔したわけだから、同居するようになってからのクラリッサの態度は異常ではないか、と考えるひともいた。親友アナですらクラリッサのラヴレスに対する気持ちを何度も確かめている。結果として、第三版ではラヴレスの悪人振りとクラリッサの倫理性が強調される書き方になった。

『クラリッサ』全体に追加、書き直しが行われていて、数行の追加も多数あるが、なかには数頁、あるいはさきに書いたように初版で脱落していた手紙が復活していることもある。特に初版の第三巻、第四巻にあたる部分、つまり出奔後からロンドンの娼館での同居生活の初めの部分に変更が多い。

それまで家庭内の話であった『クラリッサ』が一気にクラリッサとラヴレスの話になり、ラヴレスの人間性と二人の愛情関係が浮き上がってくる。その結果、クラリッサは自分の本当の気持

ちを見つめ直し (self-examination)（第三版第二巻、277）を行って、彼の外見に「愚かにもわたしの目」（同箇所）は惹きつけられていたと告白する。それもあって手紙のやり取りで実家とラヴレスの軋轢をなくそうと努力したわけだが、それも間違いだったとする。

でもわたしの心がいまだにその目［ラヴレスの容貌に惹かれたこと］と共謀しているなどとあなた、考えないでください。わたしの錯乱していた目はいまはっきりその間違いが見えていますし、またそれに迷わされていた心はそれを軽蔑しています。（第三版第二巻、277）

このようにクラリッサはすっかり気持ちの整理がついたと書く。第三版ではクラリッサはその気持ちを念押しするように、追加部分（たとえば第二巻、89）でラヴレスを矯正させるのは無理な話ですとしばしば書いている。リチャードソンはさらにクラリッサの倫理性を一層強調している。それでもなお、"love" でなく "like" という言い方にクラリッサが固執するのを、アナと同様に読者も理解しがたいかもしれない。そして実はこれこそ彼女が見つめ直してもなお、解決しきれてないようだ。自身の感情を理解し切れていないようだ。この点について、第三版の追加部分で注目すべき一節がある。

たしかに一度ならずほかの男性よりラヴレスを好きになれたと認めたことはあります……

わたしはこの点について自分の心のなかを調べる暇もなければその気持ちもなかったのです……もしもいわゆる愛（love）がわたしたちのもっとも理不尽な愚行の弁明として、さらにそれ（愛）が、用心深くなされた教育でわたしたちを囲んだ塀をすべて壊すことを許されるのなら、わたしたちの強い感情（passions）を抑えよという教義はどんな意味を持つのでしょう。

（第三版第二巻、438）

このように第三版で、初版同様にクラリッサは自身の本心を突き詰めて考えることをしなかったと反省しているのだが、さらにそのあとで、クラリッサは「愛」という感情に否定的な姿勢を取っている。つまり、第三版における現在ですら本気で自身を見つめ直そうすることから逃げているように見える。

さきに書いたように、クラリッサは倫理性が強い女性であるが、リチャードソンはそれを強調するあまり彼女の性的感情の抑制が目立つ。第三版の追加部分で、ラヴレスは自分がかすかにでも肉体的接近をほのめかすと、クラリッサが激しく拒否反応する様子を次のように書いている。

……彼女は不快な、彼女には似つかわしくない激しい目つきで、不純な（impure）おしゃべりで不純な心を判断しますとして、侵犯しようとする（encroaching）恋人のごく初期の希望も一挙におしまいにする、たとえ遠回しに言っただけでも、その意味合いがきわどい意味を

持ってくる前に。(第二巻、399)

ラヴレスの動機の不純性とクラリッサの過剰な潔癖さをリチャードソンは強調しすぎているように見える。もう少しクラリッサの自然な反応が見えていいのでは、と当時の読者は考えたわけである。これは小説における作者と主人公の関係が含む問題のひとつでもある。リチャードソンは第三版では一層主人公を全面的にコントロールしようとしている。クラリッサは硬直した反応しかできない。それがラヴレスとの長い同居生活で膠着状態の要因ともなっているから根深い問題である。たえず感じる身の危険のなか、肉体の強度の潔癖性が障害となり、クラリッサ自身身動きが取れない。

一方、ラヴレスについて追加部分を検討してみると、彼のイメージが一層悪くなるようになっている。初版に輪を掛けて追いかける女性を鳥のイメージ――たとえば鳥打ち (birdman) の話(第二巻、426)――はその典型である。おもしろい変更としては、初版の第一四〇書簡(ハーロウ家の使用人ジョゼフ・リーマン宛の手紙)は要約(三人称で)されているが、第三版第二巻第四一書簡では、一人称「私」の通常の手紙になっている。使用人相手ということも手伝って、ラヴレス自身の女性体験が一層赤裸々になっている。さらに追加部分では、何人も子供をはらませ、産褥などの事故で死んだ(第二巻、148)と告白している。そのひとり、ミス・ベタートンについて、でもミス・ベタートンに関しては、この件でレイプしていないぞ、繰り返すが、レイプは不自然だからな、それに考えられているよりめったにないことだよ、ジョゼフ。そんな面倒なことになるのはいやだね。俺は一度もないよ。（第二巻、148）

これをのちのクラリッサのレイプと関連づけて読めば、ラヴレスの矛盾と苦境が浮かんでくるだろう。

『クラリッサ』の原稿は一切残っていないから、途中の変更点などは分からないが、初版と第三版には大きな違いがあり、少なくともこの二つの版を比べてみれば、どのような修正がなされたかが見えてくる。

創作ネットワーク

リチャードソンが『クラリッサ』創作にあたり出版する三年前の一七四四年ころからさかんに友人たちに意見を聞いて書き直しをし、修正していたことはさきに書いた。ふつう小説家はいちいち周りに相談することはしないで執筆するから、リチャードソン流の創作過程は珍しい。彼は出版後も読者の反応を見ながらたえず書き直した。ひとつの理由としては、彼は小説の処女作『パミラ』出版後、フィールディングの『シャミラ』、『ジョゼフ・アンドルーズ』を始めとして、さまざまな嘲笑や批判を浴びたから、それがきっかけで読者の反応に神経質になっていたせいかもしれない。しかし彼は身近の者や知人、女性愛読者に意見を求めたが、クラリッサやラヴレスの性格など、本質的な部分はどんな要求にも応じなかった。

そこで、作家と読者の異常とも思える親密な関係、さらにそのことと作品解釈との関連をもう少し探ってみよう。リチャードソン自身の手紙は約六百通残っているようだが、(2) 作品創作の関連に絞ったジョン・キャロルの書簡集を利用しながら論を進めていく。なお、バーボールド夫人が六巻本のリチャードソンの書簡集『往復書簡』(*Correspondence*)（一八〇四）を編んでいるが、この書簡集もすべての書簡が載っているわけではないという。(3)

彼は草稿段階でエアロン・ヒル、エドワード・ヤングなど数人の親しい人たちにそれのコピー、書き写しを見せた。さらに当時急速に増えた女性の文学愛好者たち――そのなかにはフィールディングの妹で『デイヴィッド・シンプルの冒険』(*The Adventures of David Simple*)（一七四四）を書いたセアラ・フィールディングやブルーストッキングの会のメンバーのエリザベス・カーターもいた――との交流もあり、初版刊行中文通して意見交換をしている。知人の娘ソフィア・ウエストコウムには、「ぜひどの一節でも自由に率直に直してください……若いまだ無作法な女性のための本なので、あなたのような価値観や判断力、繊細さを持った若い女性に教えてもらうのがいいから」(Carroll, 69) と書いている。

リチャードソンは自作の解釈について回りの意見を受け入れることも譲ることもなかったが、多数の手紙のやり取りから、彼自身が知らない貴族やさらには広くジェントリー階級のしきたりや考え方を彼女たちから教えてもらい、それを参考にして書いていることが分かる。つまり彼はさまざまな解釈の違いにいらだち戸惑いながら、相変わらず手紙による交流を続けていたし、楽しんでいた。この身近な読者のネットワーク関係は崩壊することなく、『サー・チャールズ・グランディソン』の共同作業による小説作りとなっていく。

リチャードソンは作品が長くなることを懸念していたが、助言を受けてかなりカットされたという。「長くなることが私をいま一番不愉快にさせることです。長くするよりずいぶん短くしました」(Carroll, 63)。リチャードソンは読者の反応を気にしながら書く作家であった。『クラリッサ』初版が三回に分けて出版されたのは、これもそれぞれの間隔（五ヶ月、七ヶ月）で読者の反応を知ろうとして、十分な間合いを取ったせいだろう。リチャードソンは手紙で「分割出版したため皆から勝手な結末を作られ大変苦労をした」(Carroll, 117) と被害者のような書き方をしているが、その多様な反応を起こさせたのは彼自身である。さらにその反応に応じるように、『クラリッサ』の第三版は大幅な改訂になったことはさきに書いた。（なお最晩年に出た第四版は第三版と同内容である）

知人や読者の指摘や変更の希望は大きく分けて三点に絞られる。第一に長さ、分量の点、次にクラリッサとラヴレスの性格と関係、さらに悲劇的結末への不満、ハピーエンディングへの変更要求である。助言者のひとりが劇作家で親しい友人であったエアロン・ヒルである。創作中の『クラリッサ』に関する意見交換が彼との往復書簡でしばしば行われている。ヒルが一番注文をつけているのは長さの点 (Carroll, 61) で、リチャードソンも気にして、自分の原稿をカットするのが下手だからヒルにやってみてくださいと頼んでいる。そしてヒルの助言に応じてカットして初版は出版された。ところが第三版ではそのカットされた内からいくつかの手紙や節を復活させているから、話は複雑になる。

ヒルはクラリッサとラヴレスの性格についても注文をつけている。ヒルはラヴレスの人柄が悪く描かれすぎている、もう少し柔らかくすべきではないか、そしてクラリッサの恋愛感情をもっと明確にさせ、最初彼を愛していたとしたらと助言している。そうすれば、出奔なども説得力を持ってくるだろうと。これは出版後の読者の印象とも合致するところであるが、それに対してリチャードソンは次のように返信している。

クラリッサがまぎれなく恋しているという件ですが、はっきり言いますが、私はむしろ、眼力ある友人［アナ］によって彼女はそう思われているようにしたいのです（彼［ラヴレス］のあまりに知れわたった人柄を考慮すれば）、彼女自身がそうだと考えるのでなく。

…………

ラヴレスの人柄を私はひどく (unamiable) したいのです、以前にもちらっと言いましたが。彼の人柄の部分を少しと、さらに彼の終わり方を、まえにある若い女性に読んで聞かせましたら、彼女は彼に同情して、殺されるより悔悟してくれるといいのにと言いましたので、わ

たしはますます彼をひどい男にしたのです。(Carroll, 72–73)

そのような反応を見て、リチャードソンは初版でラヴレスをひどく書いたつもりだったが、多くの読者、とくに女性は、遊び人ではあるが才知あり活動的なラヴレスに魅せられて、彼に同情的な反応をした。彼はその反応に驚き、しっかり読めばそのような好意的な気持ちをラヴレスに持てないはずだと手紙に書いている。さらにそのような誤解を防ぐため、第三版では多数の箇所でラヴレスの陰険さ、狡猾さを強調し、一層悪者としてのラヴレス像を造った。しかしそれでもラヴレスを好む読者が多かったということは、一八世紀中期の多くの人々はラヴレスのような放蕩者を倫理面で許容範囲内としたと解釈することもできる。同時にまた、作者と登場人物の関係も見えてくる。つまりリチャードソンの考えるように、作者が登場人物を完全にコントロールできるのか、さらには物語を自在に操ることができるのか、は微妙なおもしろい問題で、『クラリッサ』でいえば、ラヴレスは作者の予想以上の魅力を独自に発揮しているのだ。さらには作者の押しつける作品解釈を読者が鵜呑みにする必要はあるのかという問題にもつながる。この点はあとで再度考えることにする。

ラヴレスとは逆に倫理面ではまったく問題ないがおとなしくて男らしくないとして人気のなかったアナの許婚者ヒックマンを第三版では一層感じよくした。リチャードソンは、「立派な男性であってもヒックマン的な男性よりラヴレス的な男性でないと若い女性たちの支持をえられないのではないか、ととても懸念しております」(Carroll, 164) と女性たちのラヴレスびいきを嘆いた。男性の身勝手な行動を許容する考えに呼応して、「改心した男は最良の夫になる」(A Reformed Rake makes the best Husband) という言い方も当時流布していて、リチャードソンは『クラリッサ』本文でそれをしばしば否定し、自身の手紙でもこの俗説が大嫌いであると書いている。

クラリッサに関しては、女性読者の完璧過ぎるのではないか、現実には存在しないのではないか、という声に、リチャードソンは、「わたしは意図的にクラリッサを判断力に少し欠点があるように描いた」と彼女がパーフェクトな女性ではないとし、その例として父の反対を無視してラヴレスと文通を続けたのは、事態を悪化させないためというクラリッサ側の弁明はあるものの、間違いである (Carroll, 199) としているが、基本的には、小説の冒頭から模範的な女性として設定されている。しかし、当時の女性にはクラリッサはあまり人気がなかった (Carroll, 178)。彼女は「淑女ぶっている女」(prude)、あるいは「コケット」(coquet) とまで言われている。

> クラリッサを頑固で説得に応じない (*obstinate* and *unpersuadable*) と非難できる注意深い読者 (attentive Reader) などいるでしょうか、計画的で欺瞞的な、さらに卑怯な暴力行為をした男と結婚することを拒否したことで。(Carroll, 123)

ラヴレスの執拗な工作や口説きに一向に気を許すことなく、それどころかますます頑なな姿勢で彼を批判し、拒否し続けるクラリッサに読者のなかには反発するひとたちもいたのだ。もっと柔軟で世故にたけていればこのような不幸なことにならなかったという意見もあった。

また、クラリッサが「子としての（親に対する）義務」(filial duty) をつねに口にして、最後まで父の許しにこだわる姿勢にも批判が多かった。ラヴレスの巧妙な仕掛けもあって親元から出奔した――これはクラリッサが終生後悔した行為だが――のも、親が強引に嫌いなソームズとの結婚話を押しつけた不当な要求の結果だから、クラリッサが和解と許しにこだわり続けるのはどうだろうかと読者は考えるのも自然である。リチャードソン自身も「世の中には嫌いな男と無理に結婚させられた女性がたくさんいます」(Carroll, 206) と、若い女性が親の不当な支配に虐げられている実情を知っているからこそ、クラリッサの受難を書いているのだが、一方ではキリスト教的精神から、親子の関係が親の、あるいは子のひとつの間違いでなくなることはない、クラリッサの一九年の歳月のなかのわずかな瑕瑾《かきん》で親への恩義がなくなるわけでないと主張している。

読者から一番多かった変更の要求は『クラリッサ』の悲劇的結末についてである。当時有名な劇作家コリー・シバーやフィールディングなどまでがハピーエンディングにするよう求めた。これもこの時代の好みも反映していると見ることができる。それを表す典型的事例が、ネイハム・テイトの『リア王』翻案（一六八一）である。テイトはシェイクスピアの悲劇をハピーエンディングに変え、さらに中身を大幅に改竄《かいざん》したことで有名であるが、この一七世紀後半の改作劇は、一八世紀に入っても上演され、原作よりむしろ好まれている。意外なことに、ドクター・ジョンソンはこのテイトの翻案を支持している（*Notes to Shakespeare*）。[4] 当時は演劇も悲劇よりも悲喜劇が好まれ上演されていた。

そのような時代の精神風土のなかで、すでに草稿段階で知られていた『クラリッサ』の悲劇的結末は波紋を起こした。周囲の者や、文通で知った愛読者からハピーエンディングを求める声が上がった。その急先鋒ともいえる女性がレディー・エチリン、レディー・ブラッドショー[5]の姉妹で、彼女たちはクラリッサの死で終わる悲劇に代えて、短いものだがハピーエンディングの代案をそれぞれ書いた。大まかにはいえば、クラリッサとラヴレスが最後は結婚して終わるというエンディングが主流だが、レディー・ブラッドショーのようにリチャードソンの原案に妥協してラヴレスの死を許しても、クラリッサは静かな隠棲の生活を送ることを求めるひともいた（Carroll, 109）。[6]

このようにリチャードソンは初版を刊行する際、長さの点では友人の意見を参考にカットし、細部での修正もしたが、小説の本質に関わるところでは自説を曲げることがなく、それをより説得力あるものにするため書き加え修正した。特にハピーエンディングを求める多数の声に対しては頑として受け付けなかった。

彼は初版につけた「あとがき」（POSTSCRIPT）（1495–99）でこの点について説明している。少し細かくなるが紹介しておくと、読者は「幸せな結末」（fortunate ending）でクラリッサを幸せにしてあげたいという希望だが、それは当代はやりの「詩的正義」（poetical justice）に振り回されているせいである。正しい者は幸福に、悪い者は不幸にという因果応報を受けるべきだというのは、浅薄な考えで、世の中はそうでないこともしばしばある。アディソンの言葉を引用して「いいことも悪いこともこの世ではすべての人に同様に起こる」のだ。さらにアリストテレスの悲劇論を引き、悲劇こそ人間の心を揺さぶる、考えさせるとする。さきに言及したテイトの『リア王』の改作に言及し、「私の卑見ではあれはその美しさの半分をなくしている」と書いている。さらに脚注をつけ、「しかし、現代の嗜好は古代のそれとは違っているようで、テイト氏の改変された『リア王』はイギリスの舞台ではシェイクスピアが書いた原作より好まれて（！）上演されている」(1497) と付け加えた。『クラリッサ』のハピーエンディングを求める人たちは全七巻中の四巻だけ読んでそう希望したわけで、そのあとの巻を読めば、この悲劇が必然であると分かるだろうと、相変わらず読者の誤読を嘆いている。「『クラリッサ』は……宗教的なプランに基づいている」、そしてこの世は来世への「監察期間」(probation) である。物語の後半で試練を受けたクラリッサが来世での幸せをしばしば口にするのはその証左であるということになる。神の配剤による来世での幸せこそ、より高いレベルでの詩的正義にかなっているとする。

第三版の「あとがき」（第四巻、552–65）も趣旨はほぼ同じだが、二倍の頁数になるほど初版のものに書き足している。この「あとがき」ではさきに書いた読者からのさまざまな意見に一層細かく答えている。クラリッサの冷たい高慢性、あいまいな愛情という点は次のような断定的な書き方になっている。

彼女が恋している (in love) とするつもりはありませんでした、こんな言い方をみとめてもらえるのならですが、好き (in liking) なだけなのです。物語の至る所で繰り返し書き込んでおいたことですが、彼女自身に任されたとしても、彼の不道徳な行為のため彼女は絶対ラヴレス氏と結婚しなかったでしょう、そして彼女の破滅はおもに彼女の親族の迫害のせいなのです。（第四巻、558）

さらにラヴレスについては、もっと信仰心などまったくない悪い男に描けば、説得力があるだろうという意見に、彼のような信心が足りないがないわけではない男はこの世にたくさんいるでしょうと反論している。またヒックマンの軟弱さについては、ラヴレスとの会見でハウ嬢の悪口を言われたとき、彼はきっぱりした態度で応じたではないか、としている。

第一二章
作者の執拗な規制

これまで見てきたように、リチャードソンはまわりに張った創作ネットワークや読者の反応を精査しながら、初版を書いた。リチャードソンは全体的な構想なく『クラリッサ』を書き始めたと主張したが、実際にはクラリッサの悲劇的結末までの大枠を考えていた。しかしそこに至る物語の展開、経緯や細部については、このネットワークの反応を参考にしながら書いていると推測できる。さらに三年後に出された第三版は、スペリングや字句の微妙な変更、間接話法から直接話法への変更、多数の脚注、さらに大幅な加筆などで、変更点は二千点をこえ、その結果第三版は第一版より二百頁もの追加になったが、これもこのネットワークや一般読者から寄せられた意見を見ながら書き直した箇所が多いだろう。

それが高じたのがリチャードソン最後の小説『サー・チャールズ・グランディソン』(一七五三―五四)で、この作品は周辺読者との共同作業でできた小説といっていい。というのもこの小説こそまさに「プランなし」で冒頭の第一書簡の次に何を書くかも未定 (Carroll, 235) だった。小説全体のテーマはクラリッサの男性版「良き人」(a good man) の話と決まっていたが、話の展開は、かなりの部分をレディー・ブラッドショーやヘスター・マルソーなどの助言に導かれながら書いた。たとえばイタリア人のクレメンティーナの話はディレイニー夫人から自身の体験を聞き、それを利用したという。物語の中間部でヒロインのハリエットの処遇をどうしようかと回りの者に手紙で尋ねてもいる。(1)

小説家がたとえ仮想であれ、実在であれ、読者を意識しながら小説を書くのは当然のことだが、リチャードソンのように身近の読者にしばしば相談しながら書き進めるというのは珍しい。『サー・チャールズ・グランディソン』はリチャードソン流小説の最終版といえるが、このような創作過程から見えてくることを以下に書いてみよう。

リチャードソンは最初の小説『パミラ』から最後の『サー・チャールズ・グランディソン』までタイトル頁（題扉）に自身の名前を一切記さなかった。リチャードソンは「編者」（＝作者）という名のもとに書簡を編纂した。しかし、『クラリッサ』では全書簡中わずか一一通ではあるが編者の手が入り、手紙がそのまま載せられるのではなく、全面的に要約されている。そのほかの書簡でも一部分割愛され、要約されている。すべて編者の判断でこの作業はなされている。たとえば第一六〇書簡では「令嬢［クラリッサ］の次の手紙では、月曜朝と日付はなっているが、教会での彼［ラヴレス］の振る舞いやそのあとでの彼の感想を彼女はほめた……」(542)と内容が六行で要約され、それまで手紙の原文を読んできた読者にはやや唐突な感じを与える。長すぎるという読者の意見を汲んだものかもしれない。また第一四〇書簡、第一七四書簡（その三）などは要約を交えた報告が続いたあと、途中から原文の手紙文にもどる。読者はこのような編者による工夫の必然性を感じないいし、当時も同様の反応があったのか、第三版ではその多くの要約、抜粋がもとの原文そのまま載っている。編者のこのような混乱自体は『クラリッサ』自体の内容理解に直接は関係しないからいまは問題視する必要はない。

編者（＝作者）の介入が一番目につくのが脚注（footnotes）である。通常の小説であれば、脚注や巻末の注などつけないものだが、リチャードソンはその点は頓着なく、初版においても字句の説明や前後の手紙の関係をつけるため「何頁を見よ」と参照頁を脚注につけている。しかし、第三版でつけ加えられた脚注は解釈にかかわることが多い。

クラリッサについての読者の批判を気にする編者、つまりリチャードソンは次のような脚注をつけて、それは読者の散漫な読み方によるものであるとして注意を喚起している。

われわれ［編者］はここでこの令嬢［クラリッサ］が、幾人かの同性によってすら、上記の会話の彼女の部分は潔癖すぎる（*over-nice*）ととりわけて非難されていることを認めざるを得ない。しかしこれは彼女が置かれた状況、彼女の性格、さらには彼女が相手している男の性格への［読者の］注意が欠けているために違いない。なぜなら、ベルフォードの手紙によって読者が知っているように、彼［ラヴレス］の企みを彼女は知っているとは考えられないが、

それでも彼の罪深い道徳性はしっかり確信しているわけだから……（第二巻、313、脚注）

しっかり読めば、クラリッサの行動は理解できるだろう、潔癖すぎるという非難は当たらないだろうというわけである。リチャードソンはこのように脚注で解釈上の指導を読者にしている。この点は『クラリッサ』解釈の開放性、多様性にもかかわることであり、次章で少し考えてみたい。当然ながら、追加された脚注ではラヴレスのしたたかさも同様に強調される。第三版はラヴレスを一層救いがたい人物と認定されるような書き方になっていて、読者がラヴレスを好意的に見ないようにしている。

読者はたぶん、彼［ラヴレス］が最初から（第一巻一四七―四八を見よ）ミス・ハウからの保護を彼女が奪われるよう配慮していたことを喚起してもらう必要もないだろう。（第二巻、91、脚注）

つまり、テクストのなかに編者がつけた脚注は解釈そのものに関わってくる。『クラリッサ』には初版で一八七箇所の脚注がつけられ、第三版ではさらに増えて三一六箇所の脚注がある。小説に注をつけること自体（翻訳ならともかく）まったくないわけではないが異例である。さらにその数の多さに注目したい。その九割はクロスレファレンス（書中の相互参照）といわれるもので、たとえば初版七八頁の脚注は「第四書簡五〇頁を見よ」(See Letter 4, p. 50) と記されている。これは前後の手紙のなかで関係する、あるいは言及されている箇所を指摘するものである。ときにあとに続く手紙の同内容箇所を先行して指摘している脚注もある。読者の注意を喚起して、読み落としや失念を防ぐためである。一〇一三頁の脚注は次のような丁寧なものになる。

この令嬢がそれでも説明できないことの理由を、注意深い読者ならまえのところへもどって参照してもらう必要もないだろう、ラヴレス氏がハウ嬢への手紙を手に入れたことを彼女は知らないのだから。特に五八六頁の手紙、それについては彼が六三六頁にコメントしている。(1013)

注意深い読者はよく覚えているから参照は必要ないとしながら、該当する頁を挙げている。このような執拗さはいかにもリチャードソンらしい。

重要なのは残りの一割の脚注で、これは解釈に関係する。リチャードソンは『パミラ』以来、読者の誤解、誤読(と彼は思っていた)の被害を受け続けたから、正しい読みへと誘導する手段として脚注を使った。すでに初版でもこのような脚注がある。

この場で述べておくのも場違いではないだろうが、ラヴレス氏は巧妙に、もともとそれを実行するつもりも、力もない策謀を彼の手先と彼らの手先を使って報告させる許可を与えて一家を追い詰めるように仕掛けた。(348)

策謀家ラヴレスのイメージを読者に植え付ける脚注で、第三版はこのような一定のイメージを新たにつけ加えた脚注で持たせる傾向が一層強くなる。第三版第一巻からひとつだけその例を挙げれば、ハーロウ家がクラリッサを叔父の家に幽閉する話のところで、

このような過激な手段、さらに一家全体がそのことに頑固に固執する姿勢は驚くこともないだろう、その間中彼らはラヴレスの針金の上で踊っている操り人形にすぎないのだから、彼が自慢しているように。(第一巻、257)

リチャードソンはラヴレスのイメージを悪くすることでクラリッサとの結婚は不可能であると読者が考えるように仕向けている。

第三版では脚注はリチャードソン自身の意見を述べる場、さらに読者との論争の場にもなっている。

クラリッサはセントオルバンズでの会話でラヴレスに取った態度やそのあとでもあまりに

控えめである、さらには高慢である、とまで［読者に］非難されている。きっと、この点で彼女に非があると考えている人たちは物語にしかるべき注意を払っていないのである……そして彼［ラヴレス］は（要求してもいないのに）いかに巧みにその条件［家族との和解に道を空けておくという］を守ると約束しているか、現在の情況や立場では（ハウ嬢の忠告に応じて）彼女は喜んでそれを省くつもりだっただろうに！　彼との出奔を本心から拒否していたことを彼に正確に示すため、彼が連れ去る際のやり方に見せた必然的なあの憤りは言わずもがなだが。この点に関しての彼女の考えはこのあとのハウ嬢への手紙、第二巻第二書簡を見よ。（第一巻、501）

この脚注に追いかけるように、同様のコメントを少しあとの脚注として加えている。

ラヴレス氏はこのとき用心する必要なかったかもしれない、というのも初版をここまで読んだ、さらには最初の脱出劇まで読んだ多くの女性たちは（遺憾ながら触れておきたいが）過剰な気難しさ(over-niceness)だとすぐに彼女［クラリッサ］を非難した、彼を狭量で男らしくないし、それに劣らず残酷で感謝の気持ちすらないと非難するよりも。それは以前の注（第一巻、501）でも示したことだが。（第二巻、33）

リチャードソンはこのように、執拗に同趣旨のことを書いて「正しい読み方」を読者、とくに女性読者に示した。

リチャードソンは作品を支配しようとし、さらに読み方の方向性まで示した。彼の小説観がそうさせていることは前章で書いた。『クラリッサ』でその点が鮮明になるのは、クラリッサとラヴレスの人物評価である。小説の読者が主人公に感情移入するのはいまも昔も変わらないが、リチャードソンと交流があった愛読者はその傾向が一層強い。たとえばフィールディングの妹セアラ・フィールディングはクラリッサを素晴らしい女性と手放しで賞賛し、彼に「すごく感動しました (I am all sensation)(2)」と伝えた。これはリチャードソンが期待していた読者の理想的な反応である。一方で多くの女性はリチャードソンの期待に反して、彼女は心性が立派すぎる、倫理観が完璧すぎる、つまり現実に存在しそうにない、と批判した。リチャードソンはそれに反論して第三版の「あとがき」に加筆して、「ある人たち、ご婦人方！もだが、この物語ではこのヒロインの優秀さはあり得ないところまで、実際的でないところまで持ち上げられていると思っている」(565) が、クラリッサの立派なのはノートン夫人の教育によるもので、現実にいる「田舎のレディー」であるとし、さらに次のように書いている。

確かにクラリッサを、ラネラやヴォクソール［当時のロンドンの二大遊興庭園］にしばしば通う人々や「カード遊びに興じる娘たち」といわれる人たちのあいだに探すことはできない……こんな不快な話 (invidious) をここで続けるスペースも気持ちもない。だから、切り上げたいが、繰り返すと、イギリス領内において (ヨーロッパ世界のほかのところではほとんどいないが) 幾人か、そしてわれわれは信じているのだが、たくさんのひとが必要に迫られ、同様のささやかな地味な、でもしっかりした有益な美徳を発揮して、クラリッサの完璧さに到達しているのだ。(第四巻、564–65)

リチャードソンは読者の反応に「不快な話」といらだちを示しながら、クラリッサは立派だが市井にいる女性であることを強調した。

だがアナ・ハウが小説の第一書簡で書いているように、クラリッサは「ほかのどの女性より優れている」、「模範」(40) であり、そのイメージは全編に広がっている、というより、リチャードソン自身がそのイメージを強調して、クラリッサは伝説のルクレチアに自身をなぞらえている。(895) 受ける苦難を聖書のヨブの受難に重ねる。それらの意識が根底にあって最終的にクラリッサは聖人化、神格化される。

『クラリッサ』はその前半、実生活の詳細な描写が続くから、このようなイメージのクラリッサは非現実的に見えるのは自然だろう。一九世紀小説においてもクラリッサのようなヒロインは見当たらない。ジョージ・エリオットの『ミドルマーチ』のドロシアや『フロス河畔の水車場』のマギーもここまで高邁な精神を持ち合わせていない。強いて言えば、ジェイン・エアに多少その傾向が見られるかもしれない。一言で言えば、クラリッサにはロマンス性があるということになる。

一家は反抗的なクラリッサを自室に軟禁し、あげくは結婚日まで決め回りに堀を巡らした叔父宅に連れて行き監禁しようとする。追い詰められたクラリッサはラヴレスの巧妙な策に乗せられ出奔する。これはのちの一八世紀後半に一挙に開花するゴシック小説の先駆けの話としても読める。

田舎娘が高級娼館に連れ込まれるという設定から当時の、いや現代でも読者にホガースの六枚の連作「娼婦一代記」の画を思い出させるだろう。クラリッサの話の背景にこのウブな田舎娘がロンドンに出てきて女衒に誘われ娼婦に身を落とす図が浮かぶ。少なくともラヴレスの意識下にはそれがある。そのような情況で必死になって身を守るクラリッサはヒロイックに見えてくるだろう。

レイプされてから現世を捨て来世に希望を託するクラリッサには死しか選択肢はない。レイプ後の『クラリッサ』のエンディングとして、彼女がラヴレスと結婚することを希望する読者がいた、また凡庸に田舎へ隠棲することを提案するひともいたが、それではこれまで積み上げてきたクラリッサのイメージと釣り合わない。リチャードソンはそこで一層の宗教的意味合いを重ねることで話を終えている。現実から離れた存在となっていく。実際、クラリッサの希望や主張は最後の「遺言書」を除いて終始無視されて終わる。

リチャードソンが読者の反応に敏感なのは、彼独自の小説観から生まれているようだ。大幅に書き直した第三版の「あとがき」に次のように書いている。

この大変堕落した時代、教会の説教壇ですらその力をかなり失っているとき……彼〔作者〕はこう考えた。この娯楽と遊びにふけっている時代に、こう言ってよければ、流行している娯楽のよそおいのもとにキリスト教の偉大な教義をこっそり忍ばせ、究明することができるのではないか。自身の目的にもっとも役立てられるだろう。（第四巻、553）

つまり、小説の娯楽性は否定しないが、それにキリスト教的精神とその倫理観を教化する、それがリチャードソン流の小説観である。一八世紀前半の文壇の大御所であったアレグザンダー・ポープ——もっとも彼はジョージ・チェイン医師やのちにグロスター主教となったウィリアム・ウォバートンなどリチャードソンの知り合い仲間のひとりであった——が大ヒットした『パミラ』を「たくさんの説教集よりいい影響がある」と手紙で評し、さらにロンドンの司祭のベンジャミン・スロコックが説教壇から『パミラ』を褒め称えたという話が伝わるように、さらにリチャードソン自身が『クラリッサ』を「テイラー〔一七世紀中葉の聖職者で多数の著作がある〕の『生と臨終』や『敬虔の実践』……のそばに置かれるとありがたい」(Carroll, 117)とレディー・ブラッドショーへの手紙に書いているように、リチャードソンにとって小説はまじめな意図を持ったものであったし、時代もそのような小説を求めていた。『クラリッサ』の後半が極めて宗教色の強くなって、多くの批評家が宗教小説とあえて呼ぶのももっともと言える。

『クラリッサ』が悲劇である必然性もそこにあるから、ハピーエンディングは認められないことになる。彼の小説への基本姿勢をよく示すものは、一七五一年の第三版と同時に出された『クラリッサの物語の元原稿から復活した書簡と節』(*Letters and Passages Restored from the Original Manuscripts of the History of Clarissa*) 補巻 (addenda) である。これは題名の通り、『クラリッサ』に載らなかった（割愛された）一二七箇所の節を復元して一冊にまとめたものであるが、副題には「道徳的、教訓的感情、忠告、格言……のコレクション」とあり、リチャードソンがいかに小説の道徳性にこだわっているかが分かる。この復刻版の「前書き」(xiii) でピーター・サバーによればこの本でリチャードソンは「テクストスタディ」(text study) を読者に求めている、つまりこの補巻によりこの面での一層注意深い読解を読者に迫っているとする。

ついでながら、この頃の彼の頭には自分と対峙するように、性道徳はもとより、より闊達で、開放的な、娯楽性の強い小説空間を作ったフィールディングの『トム・ジョーンズ』があったであろう。『トム・ジョーンズ』は一七四九年二月に出版されたが、その直後から大変好評で、リチャードソンの身近のいわゆるネットワークの連中も賞賛した。彼にとっては『シャミラ』以来の反感もあったから、周りの者の賞賛はかなりこたえたようだ。手紙では『トム・ジョーンズ』への軽蔑的な言及がしばしば見られる。エアロン・ヒルへの手紙（一七四九年七月）では、……この時代の好みが『トム・ジョーンズ』とかいう本に満足しているというのに〔貴殿は『トム・ジョーンズ』を読まれましたか?〕、世間が『クラリッサ』のようなまじめな話を再読して、いや一度でもちゃんと注意を払うなど、私は期待してはいけないでしょう、この話〔『クラリッサ』〕は自分の念頭から死を追い払おうと懸命になっている人たちに死を考えさせるために構想したものです。(Carroll, 126)

一ヶ月後のヒルの娘たちへの手紙で、『トム・ジョーンズ』を彼は未読であるのは、

……聞いたところでは、それは白昼夢のまとまりないコレクションで、そこでは蓋然性が守られていない。さらに大変悪い傾向がある。さらに作者には第二のもくろみ〔第一はこの支配的な好みに取り入ってお金を得ること〕はこれを書いて不道徳な登場人物を潔白にし、道徳を彼の活動に屈服させることであると。彼のトムを私生児にするどんな理由があるのでしょうか、この女を囲うことが流行となっている時代に。(Carroll, 127)

『トム・ジョーンズ』を別の手紙でも細かく批評しているから、リチャードソンが未読であるはずはないのだが、『シャミラ』や『ジョゼフ・アンドルーズ』で『パミラ』の陳腐な道徳性、性の欺瞞性などさんざん揶揄されたことがリチャードソンの念頭から離れていないようだ。まえ

にも書いたがフィールディングは『クラリッサ』を評価していて、彼の「ジャコバイト・ジャーナル」誌にそれを絶賛し、さらにリチャードソンにも手紙を送っている。いわば身内への手紙とはいえ、リチャードソンの執拗な性格が見える。

話をもどすと、リチャードソンが脚注や「あとがき」で自分の意向を明示し読者の読み方を限定し、小説の道徳的意図を前面に押し出すこのような態度は同時代の読者（もちろんフィールディングのように反発する読者もいるが）はともかく、一八世紀後半からの読者には不評である。

第一三章
解釈の開放へ、『クラリッサ』の現在

一九世紀以降の『クラリッサ』の評価

一九世紀初頭に登場するジェイン・オースティンは『サー・チャールズ・グランディソン』を大変好きで、それを創作の手本としている。彼女の小説はリチャードソンの道徳性を引き継いでいるがそれを極力抑えて、反対に彼のコミック性——一般にはあまり強調されないが、リチャードソンの作品には意外に豊穣な笑いがある——を引き継いでいるように見える。またジョージ・エリオットも同様に『サー・チャールズ・グランディソン』を評価し、多様な登場人物の描き方、とくに女性の描き方を学んだと考えられるから、女性作家への影響は大きい。しかし、二人とも女性の受難に興味はあっても道徳的な側面を強調するまじめな話『クラリッサ』への言及がないのはおもしろい。たぶんマーガレット・アン・ドゥーディが指摘するように、一九世紀、特にヴィクトリア朝の性をあからさまに扱うのを嫌う、つまり性の隠蔽傾向のせいだろう。(1)

いずれにしても、全体としては一九世紀から二〇世紀中頃までイギリスでのリチャードソン評価は高くない。コールリッジがフィールディングとリチャードソンを対比させて、「リチャードソンのあとでフィールディングを読むのは、ストーブで暖められた病室から五月の爽やかな風の吹く広い芝生に出た感じだ」(*Notebooks*, 一八三四年七月五日) と評したのは有名な話だが、一九世紀から二〇世紀中頃までリチャードソン、あるいは『クラリッサ』の人気はフィールディングのそれに比べるととても低い。

それを象徴するのはF・R・リーヴィスのリチャードソン評価である。彼の一九四八年に出た『偉大な伝統』(*The Great Tadition*) は二〇世紀後半の小説批評に大きな影響を与えたが、イギリス小説の偉大な伝統をオースティンから話を始めていて、一八世紀の作家はリチャードソンもフィールディングも無視される。リーヴィスは「リチャードソンがまたふたたび今日の古典になるなど厚かましくいうのは無駄なことだ。興味の幅も多様性も限定されている」(2) と切り捨てている。当時、さらに『クラリッサ』のような長大な小説に時間を費やす時間はないとまで書いている。つまり一九五〇年前後のリチャードソン像は次のアーノルド・ケトルの書き方で明白だろう。

我が国の言葉〔英語〕で書かれた重要な作家のなかでリチャードソンほど簡単に笑い者にされやすい者はいない。そのとてつもなく長い本は笑い種になっている。あらゆる機会に読者から感受性の涙を引き出そうとする彼の配慮は、涙をうわべだけの恥ずべきことと見なしている時代に彼を推奨しそうにない。(3)

二一世紀の現在になっても一般読者のリチャードソン評価はそのようなものであるかも知れない。多くの人は『クラリッサ』の長大さに抵抗感を覚えるだろう。時間的制約もあってシャーバーンの極端な四分の一の短縮版などが出されたわけである。これは一八世紀でも同様で、長いという苦情のあることはさきに書いた。『クラリッサ』初版の三年後（一七五一）にフランスで出されたアベ・プレヴォーの翻訳本も短縮されたものであったから、どの時代にも長さに対する反発はある。また現代ではこの作品の感傷性、センチメンタリズムを受け入れない人たちも多い。しかし、まえにも書いたように感情、センチメントの重視は一八世紀前半の重要な精神風土であり、人間性の探究はそれに連動している。共感し、同情し、涙する情景こそ、リチャードソンが描きたかったものであるに違いない。時代の変化とともに感性の受け止め方も違ってくるから、現代人のこの抵抗感は仕方ないが、彼の作品がきっかけとなり、その後個人の感情、感性を重視し、その悩みを探究するルソーやゲーテの小説が生まれたのだ。

たぶん、『クラリッサ』が現代の読者に与えているマイナスのイメージの一番の原因は私がさきに書いた道徳臭であろう。リチャードソンは『クラリッサ』を若い女性への警告を含め生き方の教本であるとして、クラリッサの美徳や教訓的な言辞を全編にちりばめた。さらにリチャードソンにとって「警告と例証」(Warning and Example) (Carroll, 105) の教訓性が小説の目的であった。現代において小説をコンダクトブックの延長とするような姿勢は受け入れられないだろう。さらに後半部のキリスト教の再生を目指すかのような姿勢（「あとがき」に明示している）は問題視されるだろう。輪を掛けて、そのような読み方をリチャードソンが「編者」の立場で強いていることはさきに書いた。

『クラリッサ』の現在

リーヴィスやケトルの一方的な決めつけなどから、二〇世紀中頃までまったくリチャードソン研究がされなかったと思いがちだが、一九三〇年代からアラン・マッキロップやウィリアム・セイル・ジュニアは地道にリチャードソンと向き合って成果を上げている。また『パミラ』の評価も上がってきた。それでも『クラリッサ』にしっかり向き合う人たちが少なかった。

手短に二〇世紀後半から現在にいたる批評の変遷をまとめて見よう。リチャードソンの意向を重視するかたちで伝統的な解釈、ドクター・ジョンソンの人間性の追究――とくにクラリッサの人間性――を重視する解釈する人たち、ウィリアム・ビーティ・ウォーナーの言い方を借りれば「ヒューマニスト」的解釈をする人たちもいる。(4) 一方で、小説はその時代を反映したものであるから、イアン・ワットやクリストファー・ヒルのように歴史的コンテクストからの解釈――私が第三章と第四章で示したような解釈――をする批評家もいる。

リチャードソンの受容がプラスのベクトルに転じたのは一九七〇年代からである。R・F・ブリッセンデンの『窮地の美徳』(*Virtue in Distress*)（一九七四）やマーガレット・アン・ドゥーディが『自然な情念』(*A Natural Passion*)（一九七四）を書いてリチャードソン研究を復活させたとされる。特にドゥーディの本は注目された。彼女はリチャードソンまでの小説史を簡明に辿ったあと、「新しい領域」を彼が開発したとする。それは女性を中心の話にしたことと、時代の思潮と呼応して内面（意識）の問題を扱ったことだとした。(5) 題名の「自然な情念」とは「愛」を指す。(6) 詳細は省略するが、先行した女性作家たちの書簡体小説の分析など的確でおもしろい指摘が多い本である。

一九六〇年代のウーマン・リブの運動の発展から生まれた七〇年代のフェミニズムによる批評は当然リチャードソン作品の読み直しにもなった。性的次元における「権力」の問題として、女性を虐げられた存在という見方からさらに女性の力、能力を積極的に見る考えである。一方でバルトやデリダの著作の影響でディコンストラクション（脱構築）批評が全盛になり、多くの作品の読み直しが始まった。前章で書いたようにリチャードソンは作品解釈を限定するような姿勢を示したが、それが作者の越権行為とされ、格好の標的となった。バルトの「作者の死」（一九六七）以降、解釈は読者に委ねられる時代になったからである。つまりこれまでの作者の呪縛から読者は解放され、自由な批評、解釈ができるようになった。フェミニズムもディコンストラクションと連動していることはいうまでもない。

この新しい動きに乗って展開された代表的な評論は、ウォーナーの『「クラリッサ」を読む』(*Reading* Clarissa)（一九七九）、テリー・キャッスルの『クラリッサの暗号』(*Clarissa's Cipher*)（一九八二）、さらにテリー・イーグルトンの『クラリッサの凌辱』(*The Rape of Clarissa*)（一九八二）

などである。

ウォーナーは「闘争」をキーワードとして、クラリッサの家父長制の体制に対する闘争以上にクラリッサとラヴレスの闘争を中心に据える。クラリッサは言語、レトリックの砦を築き、それをラヴレスがぶち壊そうとしている。二人の使用する言語はそれぞれ違うとも主張している。クラリッサは受動的な立場の弱い人間でなく、主体的に力を発揮していると書いている。ウォーナーはレイプをあまり重要なことと考えていないようだ。

一方、キャッスルは、クラリッサをロゴセントリック（言語中心）な人物とみなし、能弁であるとするが、彼女は弱い立場にあり、必然的に敗者になるとまで言っている。キャッスル自身の本の題名が示すごとく、クラリッサはラヴレスによって解読される謎の人間である。キャッスルのキーワードは「解釈」であり、ラヴレスは解釈者ということになる。解釈の対象はクラリッサの精神か肉体か、あるいはその両方か、いずれにしても、キャッスルにとってはレイプが重要な意味を持つ。レイプはクラリッサの権力のなさを証明するからだ。そしてレイプ後クラリッサは沈黙すると書いている。ウォーナーの解釈と決定的に違ってくるのはこの点で、彼はレイプをキャッスルが過大視していると主張し、さらにレイプ後もクラリッサは発言しているとする。キャッスルは「読者はもはやテクストの消費者でない、テクストのプロデューサーである」というバルトの有名な言葉を引用しているように、バルト理論を使いながら書いているが、一方でフェミニストの影響も多分に受けている。ウォーナーもキャッスルも、解釈は読者側に委ねられているという立場から、作者リチャードソンから離れてテクストの意味を作り出している。

イーグルトンは歴史的唯物論が本来なら重視するはずの歴史的コンテクストを一旦背後に置いて、デリダやバルトなどの最新理論、フロイトの精神分析を利用している。もちろんイデオロギーという語の多用や、クラリッサの死の責任は最終的にはブルジョワ社会であるとか、さらに貴族とブルジョワジーの対立などの指摘はイーグルトンらしいが、『クラリッサの凌辱』の焦点はエクリチュール、書く行為が生じるさまざまな問題に当てられている。リチャードソンが明解に、ストレートに書いている（と当人は考えている）テクストが実は矛盾に満ちたものであることを示す。イーグルトンの言い方を使えば『クラリッサ』は「諸言説の大いなる闘争の場」(7)ということになる。さらに公共圏との関連を指摘しているのは、ハーバーマスの影響が当時欧米で強かったためもある。イーグルトンはまた『クラリッサ』が意外にも多様な要素を詰め込んでいるとする。リチャードソンの小説は「商業、宗教、劇場、倫理的討論、視覚芸術、公的娯楽と絡まる」(8)とする。ごく当然な指摘だが意外と文学中心の論では看過されやすい。

これら主要な批評から見えてくることは、『クラリッサ』が作者リチャードソンの考えとはほど遠い矛盾を抱えたテクストであることだ。クラリッサは一方的に性の被害者、あるいは体制の被害者と見ることはできなくて、逆にイーグルトンの指摘のように、体制に順応したがためにこのような結果を産んだとも読める。クラリッサは受動的か、能動的かの議論も続いている。彼女を攻撃的な女性とし、その挑発にラヴレスが乗ったと、あたかもラヴレスが被害者のような論まである。また「美徳」「順応」など彼女自身の言葉で自縄自縛に陥っているともとれる。真実などない、というデリダの言い方で言えば、未決定な状態はいつまでも続くし、読者の数だけ解釈はあるということになる。リチャードソンの解釈支配はこの潮流のまえに抵抗しようがない。

このように『クラリッサ』は読者に反発させる要因もあるが多彩な魅力がある。さらに小説の可能性を示している。小説と時間の問題や、さまざまな語り手が執拗に「手紙を書いて、物語る」という行為そのものが平面的な地平から、脱却している。作者と作品と読者の関係もおもしろい問題提起である。

『クラリッサ』を、クラリッサが時代、社会の偏見や抑圧と闘ったあげく、沈黙して死を選ぶヒロインの話、悲劇としてだけ理解するのなら、短いダイジェスト版でもそれは十分可能である。しかし、『クラリッサ』はその筋立てが中心ではない。クラリッサとラヴレスはそれぞれの連続するエクリチュール、豊穣な言葉の海のなかで、苦しみもがいている、と同時に大いに楽しんでもいる。そのように考えれば、『クラリッサ』はクラリッサの悲劇であると同時にクラリッサとラヴレスの悲喜劇でもある。

注

序章

（1）今井宏編『イギリス史』2、近世（山川出版社、一九九〇）三六四、三九九頁。

第一章

（1）T. C. Duncan Eaves and Ben D. Kimpel, *Samuel Richardson, A Biography* (Oxford: Clarendon Press). p. 84.

（2）John Jones, 'Mr. Samuel Richardson, Painter' in *Clarissa: The Eighteenth-Century Response 1747–1804*, vol. 1 (New York: AMS Press), pp. 225–27.

（3）Bridgen, 'Memoirs of the Life and Writings of Mr. Samuel Richardson' in *Clarissa: The Eighteenth-Century Response 1747–1804*, vol. 1 (New York: AMS Press), p. 233.

（4）John A. Dussinger, "Stealing in the good doctrine of Christianity" in *Eighteenth-Century Fiction*, vol. 15, no. 3–4 (2003): 467.

第二章

（1）夏目漱石『漱石全集』第一〇巻『文學評論』（岩波書店、一九六六年）、一六八—二二六頁。

（2）「恋愛物」(amatory fiction) は一七世紀後半からの女性作家たちによる、男の裏切りやレイプなど恋愛の実相を中心にしたフィクションを言い、本書が紹介したベーンやヘイウッドたちの作品もそこに含まれる。いわゆる小説の先駆けとみなされる作品群である。
(3) 五幣久恵は「『フィーメール・スペクテイター』考」(『一八世紀イギリス文学研究』第三号(開拓社、二〇〇六年)(二八四—九九頁)で、奔放な「恋愛物」の作者ヘイウッドが女性のために書いた訓戒的な「女性版スペクテイター」の内容を紹介している。
(4) Lennard J. Davis, *Factual Fictions* (Pennsylvania, Columbia University Press, 1983).
(5) Ian Watt, *The Rise of the Novel* (Berkeley and Los Angels, University of California Press, 1965), 32.
(6) 使用したテクストは、Samuel Richardson, *Pamela* (Oxford World Classics, 2001).
(7) Margaret Anne Doody, *A Natural Passion* (Oxford University Press, 1974), ch. II.
(8) 武田将明は「イライザ・ヘイウッドの翻訳」(『一八世紀イギリス文学研究』第四号(開拓社、二〇一〇年)(一一八—二五頁)で、この作品のイギリス小説史上での意義を書いている。
(9) M. A. Doody, p. 23.
(10) E・M・フォースターは「フラット」と「ラウンド」に登場人物を分け、前者は一七世紀後半の風習喜劇に出てくるような、平面的、紋切り型キャラクターを指すとした。*Aspects of the Novel* (Pelican Books, 1962), pp. 75–81.

第四章

(1) ジョン・プレストンは、クロノス的時間(客観的)に対してカイロス的時間(主観的)を『クラリッサ』の手紙に見る。後者は個々人に訪れる時間であり、その個人にとって運命的時間、決定的瞬間ともなる。John Preston, *The Created Self, The Reader's Role in Eighteenth-Century Fiction* (Londo: Heineman, 1980), ch. 3.

第五章

（1）Lawrence Stone, *The Family, Sex and Marriage in England 1500–1800* (Penguin Books, 1990), p. 156.
（2）Amy Louise Erickson, *Women and Property in Early Modern England* (London and New York, Routledge, 1993), p. 6.
（3）M. A. Doody, 'Samuel Richardson: Fiction and Knowledge' in *The Cambridge Companion to the Eighteenth Century Novel* ed., by John Richetti (Cambridge University Press, 1996), p. 107.
（4）Christopher Hill, 'Clarissa Harlowe and her Times' in *Essays in Criticism* 5 (1955), pp. 315–40.
（5）Stone, p. 69, p. 94.
（6）ブリジェット・ヒル『女性たちの一八世紀』福田良子訳（みすず書房、一九九〇年）、九六頁。
（7）フェヌロン『女子教育論』梅根悟他訳（明治図書出版、一九六〇年）。
（8）フェヌロン『女子教育論』一二一頁。
（9）Laurie Edelstein, An Accusation Easily to be Made? Rape and Malicious Prosecution in *Eighteenth-Century England in the America Journal of Legal History* October, 1998, vol. 4. p. 367.

第六章

（1）James Boswell, *Boswell's Life of Johnson* (London, Oxford University Press, 1965), p, 389.
（2）*Ditto*, p. 480.
（3）Denis Diderot, "Eulogy of Richardson" in *Clarissa in the Eighteenth-Century Response 1747–1804*, vol. 1 *Reading Clarissa* (New York, AMS Press, 2010), p. 393.
（4）Donatien A. F. Sade, *ditto*, p. 582.

（5）T. C. Duncan Eaves and Ben D. Kimpel, *ditto*, p. 571.

（6）なお、一八世紀の感情論については、ウーテ-フェルト『歴史の中の感情』櫻井文子訳（東京外国語大学出版会、二〇一八年）に『クラリッサ』のモーデン大佐の復讐、決闘の件も含め、詳しく説明されている。また、小川公代、吉野由利編『感受性とジェンダー』は副題が「〈共感〉の文化と近現代ヨーロッパ」とあるように、一八世紀からの感情論が幅広く論じられている。

第七章

（1）ヒル『女性たちの一八世紀』一二頁。

（2）William Park, 'Clarissa As Tragedy' in *Studies in English Literature 1500–1900* 16 (1976), p. 468.

（3）Terry Castle, *Clarissa's Ciphers* (New York, Cornell University Press, 1982), p.25.

（4）*Clarissa in the Eighteenth-Century Response 1747–1804*, vol. 1 Reading Clarissa. p. 57.

（5）Tom Keymer, *Richardson's Clarissa and the Eighteenth-Century Reader* (Cambridge, Cambridge University Press, 1992), p. 136.

第八章

（1）Mario Praz, *The Romantic Agony* (Oxford Paperbacks, 1970), p. 97.

第九章

（1）Doody, p. 12.

（2）*Richardson's Published Commentary on Clarissa 1747–65*, p. 122.

（3）Samuel Johnson, *The Journal of a Tour to the Hebrides.* (Tuesday, September 14).

（4）Dorothy Van Ghent, *The English Novel, Form and Function* (New York, Harper Colllins Publishers, 1953). p. 51.

（5）Henry Fielding, *Tom Jones* (Penguin Classics, 1985), p. 505.

第一〇章

（1）Mark Kinkead-Weekes, 'Defoe and Richardson: Novelists of the City' in *Dryden to Johnson, The Sphere History of Literature* 4 ed., by Roger Lonsdale (London, Sphere Books, 1971), p. 220.

第一一章

（1）Shirley van Marter, 'Richardson's Revisions of "Clarissa" in the Third and Fourth Editions' in *Studies in Bibliography*, 1975, Vol. 28, pp. 119–52.

（2）Louise Curran, *Samuel Richardson and the Art of Letter-Writing* (Cambridge, Cambridge University Press, 2016), p.14.

（3）Francis Jeffrey, 'Article II' in *Clarissa in the Eighteenth-Century Response 1747–1804*, vol. 1 Reading Clarissa. p. 615.

（4）ジョンソンは『シェイクスピア』全集の「キング・リア」につけた注で原作のコーデリアの死にショックを受けたから、テイトの翻案の終わり方（コーデリアがエドワードと結婚する）を好むと書いている。

(5) なおレディー・ブラッドショーは一七四八年一〇月ころから「ベルフォー」(Belfour) という仮名を使って手紙を送り始めているが、リチャードソンは彼女との文通をとても気に入っていたようで、長くそれを続けている。彼女はリチャードソンが正確に知らなかった貴族の呼称の使い方やしきたり――使用人との関係など教えた。リチャードソンとレディー・ブラッドショーの関係、手紙での意見交換については、次の論文が詳述している。Janice Broder, 'Lady Bradshaigh Reads and Writes Clarissa.' In *Clarissa and Her Readers* ed. C. H. Flynn and Edward Copeland, New York: AMS Press (1999): 97–110.

(6) Peter Sabor, 'Rewriting Clarissa: Alternative Endings by Lady Echlin and Lady Bradshaigh and Samuel Richardson' in *The Eighteenth-Century Fiction*, vol. 29, issue 2, Winter 2016–17, pp. 131–50.

第一二章

(1) Jocelyn Harris, 'Itroduction' in *Sir Charles Grandison*, in Oxford English Novel (London, Oxford University Press, 1972), pp. vii–xxiv.

(2) Quoted in *Clarissa and Her Readers, New Essays for the* Clarissa *Project*, ed. by Flynn and Copeland (AMS Press, Inc, 1999)), p. 48.

第一三章

(1) Doody, p. 11.

(2) F. R. Leavis, *The Great Tradition* (New York, New York University Press, 1948), p.4.

(3) Arnold Kettle, *An Introduction to the English Novel* vo. 1 (London, Hutchinson University Library, 1951), p. 63.

（4）William Beatty Warner, *Reading Clarissa, The Struggles of Interpretation* (New Haven & London, Yale University Press, 1979), p. 220.
（5）Doody, p. 17.
（6）Ditto, p. 12.
（7）Terry Eagleton, *The Rape of Clarissa* (Minneapolis, University of Minnesota Press, 1982), p. 79.
（8）Ditto, p. 6.

あとがき

　もともとイギリスの一八世紀前半、特に最初の四半世紀を中心に研究してきたが、そのあとの中葉まで気になりだし、退職を機に『クラリッサ』を再読――好きな小説で三〇年以上まえに拙い論文に書いたこともある――して気づいたことが多々あった。それが本書執筆のきっかけである。イギリスの小説史では中葉に一気に小説の花が開く感があるのだが、前半のデフォーとリチャードソンの間には空白期間がある。リチャードソンはフィールディングと同じく、それまでと違った小説、「新しい種類の作品」を書くと宣言し、現実に生きる、ありのままの人間を描くことに成功したが、本書では訣別したはずの先行作家、とくに女性作家たちの存在も無視できないことを書いた。それと同時に時代の思潮、感性が『クラリッサ』には反映されていることも強調した。リチャードソンは女性の心の奥底に入り、それを描こうとした作家である。

　一方で、『クラリッサ』の小説としての面白さを伝えたいと思いながら書いたが、書き終えたいま、多少不安な気持ちもある。テクスト内の議論に巻き込まれ、リチャードソンの手練手管に翻弄され、私自身が埋没してしまっているように思う。その結果、書き方が冗長になっているかもしれない。

　現代ではF・R・リーヴィスのようなことを言うひともいないと願うが、多事多端な世の中で、この長編を読む時間はあまりないだろう。それでも、本書がきっかけで、『クラリッサ』を読んでみようというひとがひとりでも増えれば、私としてはうれしい。また、率直なコメントをいただければ、幸甚である。

二〇二四年六月

塩谷　清人

参考文献

最新のテクストはケンブリッジ版の全集である。全一二巻ある。

The Cambridge Edition of the Works of Samuel Richardson

1 *Early Works*, 2 *Pamela: or Virtue Rewarded*, 3 *Pamela in her Exalted Condition*, 4–7 *Clarissa: or, The History of a Young Lady*, 8–11 *Sir Charles Grandison*, 12 *Later Works and Index*.

The Correspondence of Samuel Richardson 6 vols., ed. Anna Laetitia Barbauld. Cambridge: Cambridge University Press, 2011.

Selected Letters of Samuel Richardson ed. Carroll, John. Oxford: Oxford University Press, 1964.

Richardson's Published Commentary on Clarissa 1747–65 ed. Thomas Keymer. Volume 1 *Prefaces, Postscripts, etc*. London: Pickering & Chatto, 1998.

Volume 2 *Letters and Passages Restored from the Original Manuscripts of the History of Clarissa*, 1751.

Volume 3 *A Collection of the Moral and Instructive Sentiments, Maxims, Cautions, and Reflections, Contained in the Histories of Pamela, Clarissa, and Sir Charles Grandison*, 1755.

『クラリッサ』の当時の反応

Clarissa: Eighteenth-Century Response 1747–1804 ed. Lois E. Bueler. New York: AMS Press, 2010.

Volume I, Reading *Clarissa*

Volume II, Rewriting *Clarissa*

『クラリッサ』の諸情報の索引

Samuel Richardson's Clarissa and Index by Susan Price Karpuk. New York: AMS Press, 2000.

全般にわたる研究書

Armistead, J. M., *The First English Novelists*. Knoxville: The University of Tennessee Press, 1985.
Armstrong, Nancy, *Desire and Domestic Fiction*. Oxford: Oxford University Press, 1989.
Barker, H. and Chalus, E., *Gender in Eighteenth-Century England*. London and New York: Longman, 1997.
Barney, R. A., *Plots of Enlightenment, Education and the Novel in Eighteenth-Century England*. Stanford, California: Stanford University Press, 1999.
Bell, Michael, *The Sentiment of Reality: Truth of Feeling in the European Novel*. London: G. Allen & Unwin, 1983.
Boas, F. S., *An Introduction to Eighteenth-Century Drama 1700–1780*. Oxford: Clarendon Press, 1953.
Boswell, James, *Boswell's Life of Johnson*. London: Oxford University Press, 1922.
Boucé, Paul-Gabriel, ed., *Sexuality in eighteenth-century Britain*. Totowa, New Jerey: Manchester University Press, 1982.
Brant, Clare, *Eighteenth-Century Letters and British Culture*. Basingstoke: Palgrave Macmillan, 2006.
Brewer, John, *The Sinews of Power, War, Money and the English State 1688–1783*. Cambridge, Massachusetts: Harvard University Press, 1988.
Clark, J. C. D., *English Society 1660–1832*. Cambridge: Cambridge University Press, 2000.
Clifford, J. L., ed., *Man versus Society in 18th-Century Britain*. Cambridge: Cambridge University Press, 1968.
Cook, E. H., *Epistolary Bodies*. California: Stanford University Press, 1996.
Daiches, David., *A Study of Literature for Readers and Critics*. New York: Norton & Company, 1964.
Damrosch, Leo, *God's Plot and Man's Stories*. Chicago: University of Chicago Press, 1985.

Davis, L. J., *Factual Fictions, The Origin of the English Novel*. Philadelphia: University of Pennsylvania Press, 1983.

Day, R. M., *Told in Letters, Epistolary Fiction Before Richardson*. Ann Arbor: University of Michigan Press, 1966.

Dorothy George, M., *London Life in the Eighteenth Century*. Penguin Books, 1965.

Eger, E., Grant, C., Ó Gallchoir, C., Warburton, P., *Women, Writing and the Public Sphere 1700–1830*. Cambridge: Cambridge University Press, 2001.

Erickson, A. L., *Women & Property in Early Modern England*. London and New York: Routledge, 1993.

Fletcher, Anthony, *Gender, Sex & Subordination in England 1500–1800*. New Haven and London: Yale University Press, 1995.

Flint, Christopher, *Family Fictions, Narrative and Domestic Relations in Britain, 1688–1798*. Stanford: Stanford University Press, 1998.

Ghent, D. Van, *The English Novell Form & Function*. New York: Harper Torchbook, 1961.

Herman, David ed., *Narrative* (the Cambridge Companion). Cambridge: Cambridge University Press, 2007.

Hill, Bridget, *Women, work & sexual politics in eighteenth-century England*. Newcastle upon Tyne: Athenæum Press, 1989.

Kettle, Arnold, *An Introduction to the English Novel* vol. I. London: Hutchinson University Library, 1953.

Laurence, Anne, *Women in England 1500–1760*. London: Phoenix Press, 1994.

Macinnes, Allan. I., *Union and Empire, the Making of the United Kingdom in 1707*. Cambridge: Cambridge University Press, 2007.

McKeon, Michael, *The Origins of the English Novel*. Baltimore: Johns Hopkins University Press, 1988.

McKillop, A. D., *The Early Masters of English Fiction*. Lawrence: University of Kansas Press, 1956.

Millar, N. C., *The Heroine's Text*. New York: Columbia University Press, 1980.

O'Gorman, Frank, *The Long Eighteenth-Century, British Political & Social History 1688–1832*. London: Arnold, 1997.

Porter, Roy, *English Society in the Eighteenth Century*. Penguin Books, 1982.

Praz, Mario, *The Romantic Agony*. London: Oxford University Press, 1970.

Preston, John, *The Created Self, The Reader's Role in Eighteenth-Century Fiction*. London: Heineman, 1970.

Raleigh, Walter, *The English Novel*. London: John Murray,1899.

Rawson, Claude, *Satire and Sentiment 1660–1830*. Cambridge: Cambridge University Press, 1994.

Richetti, John., *Popular Fiction before Richardson*. Oxford: Oxford University Press, 1969.

——, ed., *The Eighteenth Century Novel* (The Cambridge Companion). Cambridge: Cambridge University Press, 1996.

Rivers, Isabel ed., *Books and Their Readers in Eighteenth-Century England*. New Essays. London and New York: Leicester University Press, 2001.

Roulston, Christine, *Virtue, Gender, and the Authentic Self in Eighteenth-Century Fiction*. Gainsville: University Press of Florida, 1998.

Sambrook, James, *The Eighteenth Century, The Intellectual and Cultural Context of English Literature 1700–1789*. London and New York: Longman, 1986.

Shorter, Edward., *A History of Women's Bodies*. Penguin Books, 1982.

Stone, Lawrence, *The Family, Sex and Marriage in England 1500–1800*. Penguin Books, 1990.

Tavor, Eve, *Scepticism, Society and the Eighteenth-Century Novel*. London: Macmillan, 1987.

Turberville, A. S., *Johnson's England, An Account of the Life and Manners of his Age*. 2 vols. Oxford: Clarendon Press, 1933.

Varney, Andrew, *Eighteenth-Century Writers in Their World*. Basingstoke: Macmillan Press, 1999.

Watt, I., *The Rise of the Novel*. London: Chatto & Windus, 1957.

Zomchick, J. P., *Family and the Law in Eighteenth-Century Fiction*. Cambridge: Cambridge University Press, 1993.

リチャードソン関係の研究書

Brissenden, R. F., *Samuel Richardson* (Writers and Their Work: No. 101). London: Longman, 1958.

——, *Virtue in Distress: Studies in the Novel of Sentiment from Richardson to Sade*. New York: Barnes & Noble, 1974.

Bueler, Lois, *Clarissa, The Eighteenth-Century Response 1747–1804*. New York: AMS Press, 2010.

Carroll, John ed., *Samuel Richardson* (Twentieth Century Views). Englewood Clliffs: Prentice-Hall, 1969.

Castle, Terry, *Clarissa's Ciphers*. Ithaca & London: Cornell University Press, 1982.

——, *The Female Thermometer*. Oxford: Oxford University Press, 1995.

Cook, E. H., *Epistolary Bodies*. California: Stanford University Press, 1996.

Curran, Louise, *Samuel Richardson and the Art of Letter-Writing*. Cambridge: Cambridge University Press, 2016.

Doody, A. M., *A Natural Passion*. Oxford: Oxford University Press, 1974.

Doody, A. M. and Sabor Peter ed., *Samuel Richardson, Tercentenary Essays*. Cambridge: Cambridge University Press, 1989.

Eagleton, Terry, *The Rape of Clarissa*. Minneapolis: University of Minnesota Press,1982.　邦訳『クラリッサの凌辱』（大橋洋一訳）、岩波書店、一九八七年。

Eaves, T. C. D. and Kimpel, B.D., *Samuel Richardson, A Biography*. Oxford: Clarendon Press, 1971.

Flynn, Carol, *Samuel Richardson, A Man of Letters*. Prinston: Princeton University Press, 1982.

Flynn, Carol and Copeland, Edward ed., *Clarissa and Her Readers, New Essays for The Clarissa Project*. New

York: AMS Press, 1999.

Goldberg, Rita, *Sex and Enlightenment: Women in Richardson and Diderot*. 1984.

Golden, Morris, *Richardson's Characters*. Ann Arbor: University of Michigan Press, 1964.

Gopnik, Irwin, *A Theory of Style and Richardson's Clarissa*. The Hague, Paris: Mouton. 1970.

Harris, Jocelyn, *Samuel Richardson*. Cambridge: Cambridge University Press, 1987.

Kearney, John, *Samuel Richardson*. London: Routledge & Kegan Paul. 1968.

Kearney, A. M., *Samuel Richardson, Clarissa*. London: Edward Arnold, 1975.

Keymer, Tom, *Richardson's Clarissa and the Eighteenth-Century Reader*. Cambridge: Cambridge University Press, 1992.

Kinkead-Weekes, Mark, *Samuel Richardson, Dramatic Novelist*. Ithaca, New York: Cornell University Press, 1973.

Konigsberg, *Samuel Richardson and the Dramatic Novel*. Lexington: University Press of Kentucky, 1968.

Levin, Gerald Henry, *Richardson, the Novelist: The Psychological Patterns*. Leiden: Brill Rodopi, 1978.

McKillop, *Samuel Richardson: Printer and Novelist*. Chapel Hill: University of North Carolina Press, 1936.

Rivero, A. J. ed., *New Essays on Samuel Richardson*. London: Macmillan, 1996.

Sabor, P. and Schellenberg, B. T., *Samuel Richardson in Context*. Cambridge: Cambridge University Press, 2017.

Sale, Jr, W. M., *Samuel Richardson: A Bibliographical Record of His Literary Career with Historical Notes*. New Haven: Yale University Press, 1936.

——, *Samuel Richardson: Master Printer*. Westport, Connecticut: Greenwood Press Publishers, 1950.

Singer, G. F, *The Epistolary Novel*. Philadelphia: University of Pennsylvania Press, 1933.

Warner, B. W., *Reading Clarissa, the Struggles of Interpretation*. New Haven & London: Yale University Press, 1979.

研究論文

Battestin, M. C., 'The Critique of Freethinking from Swift to Stern.' *Eighteenth-Century Fiction*, vol. 15, no. 3–4 (2003): 361–82.

Braudy, Leo, 'The Form of the Sentimental Novel.' *Novel: A Forum on Fiction*, no. 1 (1973): 5–13.

Carnell, R. K., 'Clarissa's Treasonable Correspondence: Gender, Epistolary Politics, and the Public Sphere.' *Eighteenth-Century Fiction*, vol. 10, no.3 (1998): 269–286.

Castle, T. J., 'P/B: Pamela as Sexual Fiction.' *Studies in English Literature 1500–1900*, 22 (1982): 469–489.

Cohan, S. M., Clarissa and the Individuation of Character. *English Literary History*, 43 (1976): 163–83.

Copeland, E., 'Allegory and Analogy in Clarissa.' *English Literary History*, 39 (1972): 254–65.

Curan L. and Hammerschmidt, S., 'Mediation, Authorship, and Samuel Richardson: An Introduction.' *Eighteenth-Century Fiction*, vol. 29, no. 2(2016–17): 121–128.

Doody, M. A., 'Saying 'No', Saying 'Yes': The Novels of Samuel Richardson.' In *The First English Novelists* ed. J. M. Armistead (1985): 67–108.

——, 'Disguise and Personality in Richardson's Clarissa.' *Eighteenth-Century Life*, vol. 12, no. 2 (1988): 18–37.

——, 'Samuel Richardson: fiction and knowledge.' In *the Cambridge Companion to the Eighteenth-Century Novel* ed. John Richetti (1996): 90–119.

Doody, M. A. and Stuber, Florian, 'Clarissa Censored.' *Modern Language Studies*, vo. 18, no. 1 (1988): 74–88.

Dussinger, J. A., 'Richardson's Tragic Muse.' *Philological Quarterly*, 46 (1967): 13–33.

——, 'Conscience and the Pattern of Christian Perfection in Clarissa.' *PMLA* (*Publications of the Modern Language Association of America*), 81 (1966): 236–45.

——, 'Stealing in the great doctrines of Christianity: Samuel Richardson as Journalist.' *Eighteenth-Century Fiction*, vol. 15, no. 3–4 (2003): 451–82.

Farrell, W. J., 'The Style and the Action in Clarissa.' *Studies in English Literature 1500–1900*, 3 (1963): 365–75.

Flint, Christopher, 'The Anxiety of Affluence: Family and Class (Dis)order in Pamela.' *Studies in English Literature 1500–1900*, 29 (1987): 1–13.

Gordon, S. P., 'Disinterested Selves: *Clarissa* and the Tactics of Sentiment.' *English Literary History*, 64 (1997): 473–502

Hill, Christopher, 'Clarissa Harlowe and Her Times.' *Essays in Criticism*, vol. V (1955): 315–40.

Hinton, Laura, 'The Heroine's Subjection: Clarissa, Sadomasochism, and Natural Law.' *Eighteenth-Century Studies*, 3 (1999): 294–305.

Keymer, Tom, 'Jane Collier, Reader of Richardson.' In *New Essays on Samuel Richardson* ed. Rivero, London and New York: Palgrave Macmillan 1996. 85–93.

Kinkead-Weekes, Mark, '7. Defoe and Richardson: Novelists of the City.' In *Dryden to Johnson* (Sphere History of Literature). Ed. Roger Lonsdale.

Lee, J. K., 'Commodification of Virtue: Chastity and the Virginal Body in Richardson's *Clarissa*.' *The Eighteenth Century*, vol. 36, no. 1 (1995): 38–54.

Maddox, Jr., J. H., 'Lovelace and the World of Ressentiment in Clarissa.' *Texas Studies in Literature of Language*, 24 (1982): 271–92.

Marks, S. K., 'Clarissa as Conduct Book.' *South Atlantic Review*, vol. 51, no. 4 (1986): 3–16.

Martin, M. P., 'Reading Reform in Richardson's Clarissa.' *Studies in English Literature 1500–1900*, 37 (1997): 595–602.

McKeon, Michael, 'Generic Transformation and Social Change: Rethinking the Rise of the Novel.' *Cultural Critique*, no.1 (1985): 159–181.

Park, Julie, '"I shall enter Her Heart": Fetishizing Feeling in *Clarissa*.' *Studies in the Novel*, vol. 37, no. 4 (2015):

371–393.

Park, William, '*Clarissa* as Tragedy.' *Studies in English Literature 1500–1900*, 16 (1976): 461–71.

Paulson, Ronald, 'Recent Studies in the Restoration and Eighteenth-Century.' *Studies in English Literature 1500–1900*, vol. 23, no. 3 (1983): 495–527.

Richetti, J. J., 'Richardson's Dramatic Art in *Clarissa*.' In *Eighteenth-Century Fiction* ed. Harold Bloom, (1988): 95–113.

Rorty, A. O., 'From Reason to Emotions and Sentiments.' *Philosophy*, vol. 57, no. 220 (1982): 159–172.

Roxburgh, Natalie, 'Rethinking Gender, and Virtue through Richardson's Domestic Accounting.' *Eighteenth-Century Fiction*, vol. 24, no. 3 (2012): 1–10.

Sabor, Peter, 'Rewriting Clarissa: Alternative Endings by Lady Echilin and Lady Bradshaigh.' *Eighteenth-Century Fiction*, vol. 29, no. 2 (2016–17): 131–48.

Stevenson, J. A., '"Alien Spirits": The Unity of Lovelace and Clarissa.' In *New Essays on Samuel Richardson* ed. Rivero, 85–93.

Suarez, M. F., 'Asserting the Negative: "child" Clarissa and the Problem of the Determined Girl.' In *New Essays on Samuel Richardson* ed. Rivero, 69–84.

Warner, W. B., 'Reading Rape: Marxist-Feminist Figurations of the Literal.' *Diacritics*, vol. 13, no. 4 (1983): 12–32.

Wendt, Allan, 'Clarissa's Coffin.' *Philological Quarterly*, 39 (1960): 481–95.

Wilt, Judith, 'He Could Go No Farther: A Modest Proposal about Lovelace and Clarissa.' *PMLA*, 92 (1977): 19–32.

Winner, Anthony, 'Richardson's Lovelace: Character and Prediction.' *Texas Studies in Literature of Language*, 14 1972): 53–75.

参考文献

和書

伊藤誓『〈ノヴェル〉の考古学』法政大学出版局、二〇一一年。

内多毅監修『イギリスの心理小説』東海大学出版会、一九八五年。

榎本太『一八世紀イギリス小説とその周辺』日本図書刊行会、二〇〇五年。

小川公代、吉野由利編『感受性とジェンダー、〈共感〉の文化と近現代ヨーロッパ』水声社、二〇二三年。

河崎良二『語りから見たイギリス小説の始まり』英宝社、二〇〇九年。

喜志哲雄監修『イギリス王政復古演劇案内』松柏社、二〇〇九年。

塩谷清人『一八世紀イギリス小説』北星堂書店、二〇〇一年。

玉井暲、仙葉豊共編『病いと身体の英米文学』英宝社、二〇〇四年。

玉田佳子『擬装する女性作家』英宝社、二〇〇九年。

訳書

リチャードソン『パミラ』（海老池俊治訳）筑摩書房（世界文学大系二一）、一九七二年。

——『パミラ、あるいは淑徳の報い』（原田範行訳）研究社、二〇一一年。

テリー・イーグルトン『クラリッサの凌辱』（大橋洋一訳）岩波書店、一九八七年。

——『批評の機能』（大橋洋一訳）紀伊國屋書店、一九八八年。

ユルゲン・ハーバーマス『公共圏の構造転換』（細谷、山田訳）未来社、一九七三年。

ロラン・バルト『物語の構造分析』（花輪光訳）みすず書房、一九七九年。

ブリジェット・ヒル『女性たちの一八世紀』（福田良子訳）みすず書房、一九九〇年。

ウーテ・フェルト『歴史の中の感情』（櫻井文子訳）東京外国語大学出版会、二〇一八年。

エイザ・ブリッグズ『イングランド社会史』（今井他訳）筑摩書房、二〇〇四年。

W・J・ベイト『古典主義からロマン主義へ』（小黒和子訳）みすず書房、一九九三年。

ロイ・ポーター『イングランド一八世紀の社会』(目羅公和訳)、法政大学出版局、一九九六年。

A・A・メンディロウ『小説と時間』(志賀謙他訳)早稲田大学出版部、一九七一年。

(なお、ウェブサイトで『クラリッサ』の全訳(岡田尚武訳)が閲覧可能)

23
『道徳的、教育的所感集』(*A Collection of the Moral and Instructive Sentiments*) 24
『日常書簡』(*The Familiar Letters*) 20–21, 42, 44
『奉公人必携』(*The Apprentice's Vade Mecum*) 19
（家族）サミュエル（父）(Samuel) 11
エリザベス（母）(Elizabeth) 11
マーサ（先妻）(Martha) 14, 26
エリザベス（後妻）(Elizabeth) 14–15, 25–26
メアリ（長女）(Mary) 26
マーサ（次女）(Martha) 10
アン（三女）(Anne) 11
ウィリアム（弟）(William) 26
トマス（甥）(Thomas) 19
ルクレチア (Lucretia) 83, 123, 150, 182
ルソー (Jean Jacques Rousseau) iv, 1, 23, 106, 190
『新エロイーズ』(*Julie ou la Nouvelle Héloïse*) iv, 23, 106
礼節 (propriety) 113
レストレンジ (Sir Roger L'Estrange) 17, 41
レノックス (Charlotte Lennox) 26
ロウ、エリザベス (Elizabeth Rowe) 42, 64
『道徳的かつ面白い書簡』(*Letters Moral and Entertaining*) 42
ロウ、ニコラス (Nicholas Rowe) 29, 106, 130
『美しき悔悟者』(*The Fair Penitent*) 106, 130, 145
ロチェスター伯 (Earl of Rochester) 130
ロック (John Locke) 88
『統治論二篇』(*Two Treatises of Government*) 88
ローレイ (Sir Walter Raleigh) 38
『英国小説』(*The English Novel*) 38

ワ

ワイルド (John Wilde) 13–14
ワット (Ian Watt) 38–39, 47, 191
『小説の勃興』(*The Rise of the Novel*) 38

24
ホッブズ (Thomas Hobbes)　103
ポープ (Alexander Pope)　29–31, 33, 184
『愚人列伝』(*The Dunciad*)　33
『ポルトガル文』(*Les Lettres Portugaises*)　41

マ

マーター (Shirley van Marter)　158
マーチャント・テイラーズ・スクール (Merchant Taylors' School)　12
マッキロップ (Alan D. McKillop)　191
マックワース［地名］(Mackworth)　11
マリヴォー (Pierre de Marivaux)　43
『マリアンヌの生涯』(*La Vie de Marianne*)　43
マルソー (Hester Mulso)　175
マンデヴィル (Bernard de Mandeville)　103
マンリー (Mary Delarivière Manley)　32–33
『新アトランティス』(*The New Atlantis*)　32
ミメーシス (mimesis)　27
モンタギュー、エリザベス (Elizabeth Montagu)　25
モンタギュー、バーバラ (Lady Barbara Montagu)　25
モンタギュー、メアリー (Lady Mary Wortley Montagu)　121
モンマス公 (Duke of Monmouth)　11, 42

ヤ

ヤフー (Yahoo)　155
ヤング (Edward Young)　25–26, 46, 165
『夜想』(*Night Thoughts*)　25
ヨブ (Job)　151, 182
「ヨブ記」(*The Book of Job*)　151, 153
ヨーマン (yeoman)　11

ら

ラクロ (Pierre Choderlos de Laclos)　1, 3
『危険な関係』(*Lws Liasons Dangereusis*)　1
ラネラ［遊興地］(Ranelagh Gardens)　181
リーヴ (Clara Reeve)　37
『ロマンスの進展』(*The Progress of Romance*)　37
リーヴィス (F. R. Leavis)　iii, 189, 191
『偉大な伝統』(*The Great Tradition*)　189
リヴィングトン (Charles Rivington)　20
リヴェリ［組合の制服］(livery)　14
リーク (James Leake)　14
リチャードソン (Samuel Richardson)
『王室認可を無視して建てられた劇場』(*A Seasonable Examination of the Pleas and Pretension…*)　19
『クラリッサの物語の元原稿から復活した書簡と節』(*Letters and Passages Restored from the Original Manuscripts of the History of Clarissa*)　185
『高貴な身分のパミラ』(*Pamela in Her Exalted Condition*)　22
『サー・チャールズ・グランディソン』(*Sir Charles Grandison*)　23, 25, 166, 174–75, 188
『聖典からの瞑想集』(*Meditations Collected from the Sacred Books*)

Andrews) 22, 40, 164, 186
『トム・ジョーンズ』(*Tom Jones*) 24, 185–86
『レイプ、さらにレイプ』(*Rape upon Rape*) 147
フィルマー (Robert Filmer) 88
『家父長権論』(*Patriarcha*) 88
フィレンツェ［地名］(Firenze) 56
風習喜劇 (comedy of manners) 5, 105, 198
フェヌロン (François Fénuron) 15, 29, 93–95, 199
『女子教育論』(*Traité de l' education des filles*) 15, 29, 93
『テレマコス』(*Telemachus*) 29
フェミニズム (feminism) iii, 192
フォースター (E. M. Forster) 44, 198
服従 (obedience) 88, 93, 114, 121
ブックセラー (bookseller) 18
プラーツ (Mario Praz) 123
『ロマン主義的苦悩』(*The Romantic Agony*) 123
ブラッドショー (Lady Dorothy Bradshaigh) 25, 159, 171, 175, 184, 202
ブリジェン (Edward Bridgen) 10, 16
ブリッセンデン (R. F. Brissenden) 191
『窮地の美徳』(*Virtue in Distress*) 191
フリート・ストリート (Fleet Street) 15, 26
ブルジョワジー (the bourgeoisie) 28, 194
ブルーストッキング (Bluestocking) 25, 165
プレストン (John Preston) 72, 198
プロレプシス (prolepsis) 128
ブロンテ姉妹 (the Brontë sisters) 37
『平民院（下院）議事日誌』(*the Journals of the House of Commons*) 18
ヘイウッド (Eliza Haywood) 33–36, 42, 197–98
『ある貴婦人から騎士への手紙』(*Letters from a Lady of Quality to a Chevalier*) 42
『アンチ・パミラ』(*The Anti-Pamela*) 33
『イギリスの隠者』(*The British Recluse*) 34
『傷つけられた夫』(*The Injur'd Husband*) 35
「女性版スペクテイター」(*The Female Spectator*) 33
『過ぎた恋心』(*Love in Excess*) 33
『致命的な秘密』(*The Fatal Secret*) 34
『ファントミナ』(*Fantomina*) 35
『ラセリア』(*Lasselia*) 35
ベッドフォードシャー［地名］(Bedfordshire) 45
ベーン (Aphra Behn) 32–33, 35, 42, 64, 197
『ある貴族と彼の妹との恋愛書簡』(*Love-Letters between a Nobleman and His Sister*) 42
『美しき男たらし』(*The Fair Jilt*) 32
『オルノーコ』(*Oroonoko*) 32
ペンシルベニア (Pennsylvania) 62
ホイッグ党 (the Whig Party) 15, 27
ホガース (William Hogarth) 98, 155, 183
『娼婦一代記』(*The Harlot's Progress*) 98, 155, 183
ボズウェル (James Boswell) 24, 102
『ジョンソン伝』(*The Life of Johnson*)

ドゥーディ (Margaret Anne Doody)　41–42, 83, 137, 188, 191–92
『自然な情念』(*A Natural Passion*)　191–92
ドーヴァー・ストリート［地名］(Dover Street)　57
道徳感覚 (sense of morality)　103–04
ドライデン (John Dryden)　29–30
『雑録集』(*Miscellanies*)　29
トーリー（党）(the Tories)　16–17, 27
トレント［地名］(Trent)　63

ナ

夏目漱石　31, 197
『文学評論』31
南海泡沫事件 (the South Sea Bubble)　15
ニューゲイト物 (Newgate novels)　17, 38
ノヴェラ (novella)　33–34
ノース・エンド［地名］(North End)　20, 24
ノブレス・オブリージュ (noblesse oblige) 112

ハ

バイフリート［地名］(Byfleet)　11
パーキンソン病 (Parkinson's Disease)　14, 26
パーク (William Park)　115
バース［地名］(Bath)　23
パースンズ・グリーン［地名］(Parson's Green)　24
ハッチソン (Francis Hutcheson)　104, 143
バトラー (Samuel Butler)　146
『ヒューディブラス』(*Hudibras*)　146
ハノーバー家 (the Hanovers)　3, 15–16
ハーバーマス (Jürgen Habermas)　194
パブリックスクール (public school)　111
パブリッシャー (publisher)　18
バーボールド (A. L. Barbauld)　10, 165
ハムステッド［地名］(Hampstead)　58, 126, 131
パリンプセスト (palimpsest)　27
バルト (Roland Barthes)　iii, 192–94
東インド貿易 (East India trade)　84
ピカレスク小説 (the picaresque novel)　38, 43
美徳 (virtues)　7, 40, 109, 113, 115, 120, 140, 182, 190, 195
ヒューム (David Hume)　83, 104
『人性論』(*A Treatise of Human Nature*)　104
ピューリタニズム (Puritanism)　145, 152
ヒル、エアロン (Aaron Hill)　39, 44, 46, 165–67, 185
ヒル、クリストファー (Christopher Hill)　83, 191
ヒル、ブリジェット (Bridget Hill)　90, 114, 199–200, 216
貧者基金 (poor's fund)　62, 112
フィールディング、セアラ (Sarah Fielding)　26, 106, 165, 181
『デイヴィッド・シンプルの冒険』(*The Adventures of David Simple*)　165
フィールディング、ヘンリー (Henry Fielding)　38, 40, 65, 81, 102, 106, 147, 164, 170, 181, 185, 187–89
「ジャコバイト・ジャーナル」(*The Jacobite's Journal*)　187
『シャミラ』(*Samela*)　22, 164, 185–86
『ジョゼフ・アンドルーズ』(*Joseph*

スミス (Adam Smith)　104
『道徳感情論』(*The Theory of Moral Sentiments*)　104
スメドリー (Jonathan Smedley)　15
『折々の詩』(*Poems on Several Occasions*)　15
スモレット (Tobias George Smollett)　38, 65
スロコック (Benjamin Slocock)　184
聖セシリア (St Cecilia)83, 123
セイル (William M. Sale)　14, 17–18, 21, 191
セルバンテス (Miguel de Cervantes)　40
センチメンタル・コメディ (sentimental comedy)　105–06
センチメンタル・ノヴェル (sentimental novel)　106
センチメント (sentiment)　102, 105, 190
セントオルバンズ［地名］(St. Albans)　57, 179
セントブライド教会 (St Bride's Church)　26
訴訟 (lawsuit)　100–01
ソールズベリー・コート［地名］(Salisbury Court)　15, 23–24

タ

大学教育 (college education)　111–12
大土地所有者 (landed gentry)　4, 82–83, 85
ダッシンガー (J. A. Dussinger)　17, 156
「タトラー」(*The Tattler*)　5, 29–30
タワーヒル［地名］(Tower Hill)　11
チェイン (George Cheyne)　23, 184
『英国病』(*The English Malady*)　23
チャータリス (Francis Charteris)　100–01
チャールズ二世 (Charles II)　11
デイヴィス、メアリ (Mary Davys)　35
『札付きの放蕩者』(*The Accomplish'd Rake*)　35
デイヴィス、レナード (Lennard Davis)　38–39
ディケンズ (Charles Dickens)　iv
ディコンストラクション (deconstruction)　192
テイト (Nahum Tate)　8, 170–72, 201
ディドロ (Denis Diderot)　103
「デイリー・ガゼッティア」(*The Daily Gazetteer*)　18
テイラー (Jeremy Taylor)　184
ディレイニー (Mary Delany)　175
「哲学年報」(*The Philosophical Transactions*)　24
デフォー (Daniel Defoe)　4, 12, 18–19, 21, 38–39, 43, 68, 84, 117
『家庭の教育者』(*The Family Instructor*)　21
『完璧なイギリス商人』(*The Complete English Tradesman*)　19
『完璧なイギリス紳士』(*The Complete English Gentleman*)　84
『グレイトブリテン全島周遊記』(*A Tour through the Whole Island of Great Britain*)　18
『モル・フランダーズ』(*Moll Flanders*)　38
「レヴュー」(*The Review*)　38
『ロクサナ』(*Roxana*)　38, 117
『ロビンソン・クルーソー』(*Robinson Crusoe*)　38
デームスクール (dame school)　94–95
デリダ (Jacques Derrida)　192, 194–95

201
ジェームズ二世 (James II) 11
ジェームズ老僭王 (James, the Old Pretender) 16
ジェントリー (the gentry) iv, 4, 28, 34, 82, 84–85, 93, 95, 112, 165
「ジェントルマンズ・マガジン」(*The Gentle-man's Magazine*) 12, 43
事前許可制法 (the Licensing Acts) 20
シティー (the City) 13
私的領域 (private sphere) 51, 99, 101
シドニー (Sir Philip Sidney) 17
シバー (Colley Cibber) 29–30, 105, 130, 170
　『軽率な夫』(*The Careless Husband*) 29
　『恋の最後の方策、流行の愚か者』(*Love's Last Shift or The Fool in fashion*) 105, 130
「詩篇」(the Psalms) 153
爵位 (peerage) 85
ジャコバイトの乱 (Jacobite Risings) 3
ジャーナリズム (journalism) 28
シャーバーン (George W. Sherburn) 190
シャフツベリー伯爵 (Earl of Shaftesbury, Anthony Ashley-Cooper) 103–04
　『人間、作法、意見、時代の諸特徴』(*Characteristics of Men, Manners, Opinions, Times*) 103
常識文学 31
書簡体小説 (the epistolary novel) iii–v, 1–3, 13, 23, 41–42, 48, 64, 125, 156, 192
ジョージ一世 (George I) 15
ジョージ王朝 (the Georgian age) 3
書籍出版業組合 (the Stationers' Company) 14, 24
書籍出版業組合公民 (freeman) 14
ジョーンズ (John Jones) 12
ジョンソン (Samuel Johnson) 5, 23–24, 26, 36, 40, 102–03, 106, 136, 144, 170–71, 191, 201
　『英語辞典』[いわゆるジョンソンの辞書] (*A Dictionary of the English Language*) 24
　「ランブラー」(*The Rambler*) 5
シンデレラパターン (Cinderella pattern) 44, 64
スウィフト (Jonathan Swift) 29–31, 155
　『ガリヴァー旅行記』(*Gulliver's Travels*) 17
　「婦人の化粧室」('The Lady's Dressing Room') 155
スコット (Sarah Scott) 25
スコットランド (Scotland) 53, 84, 89
スターン (Lawrence Sterne) 81
スチュアート家 (the Stewarts) 16
スティール (Richard Steele) 5, 29–31, 105
　『気弱な恋人たち』(*The Conscious Lovers*) 105
スティンストラ (Johannes Stinstra) 10
ストーン (Lawrence Stone) 7, 83, 90, 124
　『家族、性、結婚の社会史』(*Family, Sex, and Marriage in England, 1500–1800*) 7
スペイン継承戦争 (the War of the Spanish Succession) 3
「スペクテイター」(*The Spectator*) 5, 29–31, 33, 43

『高慢と偏見』(*Pride and Prejudice*) 134
『ノーサンガー・アビー』(Northanger Abbey) 37
オーストリア継承戦争 (the war of the Austrian succession) 3
オズボーン (John Osborn) 20
オックスフォード（大学）(Oxford University) 12, 93, 111
オービン (Penelope Aubin) 36
『興味深い歴史と小説蒐集』(*A Collection of Entertaining Histories and Novels*) 36
オールダーズゲイト［地名］(Aldersgate) 13
オンズロー (Arthur Onslow) 18

カ

カイロス的時間 (kairos) 72, 198
核家族 (nuclear family) 90
下層階級 (lower class) 39, 43–44
「ガーディアン」(*The Guardian*) 29–30
カーター (Elizabeth Carter) 165
カーニィ (Anthony M. Kearney) 47
家父長制 (patriarchy) 6, 88, 111, 126, 193
感受性、センシビリティ (sensibility) 96, 102, 108–09, 112, 189
感受性小説 (novel of sensibility) 106
感傷喜劇 (sentimental comedy) 29
キーマー (Tom Keymer) 121
キャッスル (Terry Castle) 8, 120, 192–93
『クラリッサの暗号』(*Clarissa's Ciphers*) 8, 192
キャロル (John Carroll) 10, 165
共感 (sympathy) 103–06, 109, 160, 190, 200, 216
キンペル (Ben D. Kimpel) 11
キンキード=ウィークス (Mark Kinkead-Weeks) 47, 156, 158
グッドマンズ・フィールズ (Goodman's Fields) 20
ゲーテ (Johann Wolfgang von Goethe) 1, 190
『若きヴェルテルの悩み』(*Die Leiden des jungen Werther*) 1
ケトル (Arnold Kettle) 189, 191
限嗣相続 (entail) 86
ケンブリッジ（大学）(Cambridge University) 12, 93, 111
コヴェントガーデン (Covent Garden) 59
国会議員 (Member of Parliament, MP) 7, 132, 146
子としての義務 (filial duty) 90, 114–15, 121, 170
ゴフ・スクエア［地名］(Gough's Square) 23
コールリッジ (Samuel Taylor Coleridge) 188
コングリーヴ (William Congreve) 105
『世の習い』(*The Way of the World*) 105
コンダクトブック (conduct book) 19, 21, 28, 94, 113, 190

サ

サイファー［暗号］(cipher) 8, 133
サド侯爵 (Marquis de Sade) 103
サバー (Peter Sabor) 185
シェイクスピア (William Shakespeare) 8–9, 29, 170, 172, 201
『リア王』(*King Lear*) 9, 170, 172,

索 引

ア

アステル、メアリ (Mary Astell) 94
アタベリー、フランシス (Francis Atterbury) 16
　『訓言、感想、所見』(*Maxims, Reflections and Observations*) 16
アディソン (Joseph Addison) 5, 29–30, 172
アベ・プレヴォー (abbé Prévost) 22,190
『アベラールとエロイーズ』(Abélard et Héloïse) 1
アリストテレス (Aristotle) 172
イーヴズ (T. C. Duncan Eaves) 11–14, 16–17, 24
イーグルトン (Terry Eagleton) iv,192, 194, 216
　『クラリッサの凌辱』(*The Rape of Clarissa*) iv, 192, 194, 211
『イソップ寓話集』(*Aesop's Fables*) 17, 41
インディペンデントスクール（私立校）(independent schools) 12
ヴァン・ゲント (Dorothy Van Gent) 145
ウィチャリー (William Wycherley) 105
　『田舎の女房』(*The Country Wife*) 105
ヴィクトリア朝 (the Victorian Age) 37, 95, 188
ウェストコウム (Sophia Westcomb) 165
ヴォクソール［遊興地］(Vauxhall) 126, 181
ウォートン公爵 (Duke of Wharton) 16, 130
　「真のブリトン人」(*The True Briton*) 16
ウォーナー (W. B. Warner) 191–93
　『「クラリッサ」を読む』(*Reading* Clarissa) 192
ウォバートン (William Warburton) 184
ウォラー (Edmund Waller) 146
ウォルポール (Robert Walpole) 15–16, 20, 101
ウルフ (Virginia Wolf) 124
英国国教会 (the Church of England) 11–12
エクリチュール (ecriture) 2, 69, 194–95
エチリン (Lady Elizabeth Echlin) 171
エリオット、ジョージ (George Eliot) 37, 182, 188
　『フロス河畔の水車小屋』(*The Mill on the Floss*) 182
　『ミドルマーチ』(*Middlemarch*) 182
エンクロージャー (enclosure)4, 85
オーガスタン・エイジ (the Augustan Age) 31
王権神授説 (the theory of divine rights of kings) 88
王政復古 (the Restoration) 5, 8, 37, 105, 130, 145, 216
王立学士院 (the Royal Academy) 24
オースティン (Jane Austen) iv, 37, 98, 112–13, 134, 188–89
　『エマ』(*Emma*) 98

著者紹介
塩谷 清人（しおたに　きよと）
1944 年三重県生まれ。
東京大学大学院修士課程修了。英文学専攻。
学習院大学名誉教授

主要著書
『ジェイン・オースティン入門』（北星堂書店、1997）
『十八世紀イギリス小説』（北星堂書店、2001）
『ジェイン・オースティンを学ぶ人のために』（共編著）（世界思想社、2007）
『イギリス小説の愉しみ』（共編著）（音羽書房鶴見書店、2009）
『ダニエル・デフォーの世界』（世界思想社、2011）
『ジョナサン・スウィフトの生涯』（彩流社、2016）

『クラリッサ』を読む、時代を読む

2024 年 9 月 1 日　初版発行

著　者　塩 谷 清 人
発行者　山 口 隆 史
印　刷　シナノパブリッシングプレス

発行所　株式会社 音羽書房鶴見書店
〒 113–0033　東京都文京区本郷 3–26–13
TEL　03–3814–0491
FAX　03–3814–9250
URL: https://www.otowatsurumi.com
e-mail: info@otowatsurumi.com

Printed in Japan
ISBN978-4-7553-0445-3 C3098

組版　ほんのしろ／装幀　吉成美佐（オセロ）
製本　シナノ パブリッシング プレス